VISITE

AU

MUSÉUM D'HISTOIRE NATURELLE

DE ROUEN.

ROUEN, IMPRIMERIE DE H. RENAUX ET COURIOT,
RUE DE L'HÔPITAL, 25.

VISITE
AU MUSÉUM

D'HISTOIRE NATURELLE

PAR

GEORGES POUCHET.

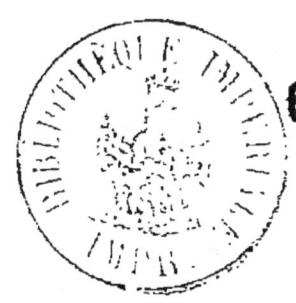

A la vue des productions de la nature,
l'entendement s'éveille.

F. BACON.

ROUEN,
A. AILLAUD, ÉDITEUR,
RUE SAINT-NICOLAS, 31.

1858

ADMINISTRATION :

MM. F.-A. POUCHET, directeur ;

G. POUCHET, aide-naturaliste ;

FORTIER, employé.

———

Le Muséum est ouvert :

Au public, les dimanches et fêtes, de midi à quatre heures ;

Aux étudiants et aux étrangers, tous les jours, de deux heures à quatre heures.

———

S'adresser à M. HÉBERT, concierge, au Muséum.

PRÉFACE.

On connaît la *Visite au Jardin des Plantes*, par
M. G. Pennetier. — C'est le succès de cette œuvre
d'un camarade et d'un ami qui nous engage à
publier aujourd'hui le petit livre que nous offrons
au public.

Le plan nous était tracé, nous n'avons en qu'à
le suivre.

La *Visite au Muséum* ne sera donc pas non plus
un livre de science, un traité technique ; et nous
renvoyons ceux qui voudraient parcourir le Musée
pour y étudier l'histoire naturelle, à la *Zoologie
classique* du docteur Pouchet. Le lecteur y trou-
vera un exposé scientifique de la classification
adoptée dans cet établissement, ainsi que les caractères et l'histoire détaillée de tous les êtres qui
peuvent y figurer.

C'est au promeneur, au *flâneur*, que nous
adressons ce petit livre, avec prière de l'accueil-
lir favorablement, parce qu'il est sans préten-
tion.

La différence est grande d'un jardin à un Musée.
— Là, tout vit, tout parle doucement à l'imagination : la plante croît, la fleur s'épanouit, elle
se ploie le soir, se redresse à l'aube ; chaque
feuille, chaque brin d'herbe s'agite au souffle
du vent et même semble murmurer sa douce
chanson de lumière, de printemps et d'amour.

Dans un Musée, tout est mort, débris sur
débris, pourriture sur pourriture, et l'enfant
n'oserait s'y aventurer seul.

« Moisissure, dépouilles d'animaux et osse-
ments de morts », voilà ce que Faust voit autour
de lui, voilà ce que le visiteur trouve dans une
galerie d'histoire naturelle, interrogeant toutes ces
peaux tirées, raides et blêmes, qui vécurent un
jour.

Un Musée, une collection, est un cimetière,
chaque étiquette une épitaphe simple comme celle
d'un trappiste ; — rien que le nom, pour dire :
Ci-gît un homme. C'est à l'histoire, au souvenir,
à raconter ses vertus, s'il en eut : chacun juge
et connaît en remontant à la source ; le marbre
ne dit rien : il est muet et ne ment pas.

C'est cette histoire, touchante ou terrible, op-
pressive ou opprimée, que nous avons essayé
d'évoquer aux yeux du public, toujours curieux,
avec son immense bon sens, de connaître, d'aller

au fond des choses. Le plaisir s'en accroît, et les objets ainsi transformés prennent une valeur qu'on ne soupçonnait pas avant.

Un oiseau peut attirer les regards par son plumage brillant, la forme excentrique de son bec, il n'est que curieux ; — il devient intéressant, si nous savons sa vie, ses combats, sa part dans l'équilibre universel. Le vautour hideux commence à nous attacher quand nous savons son rôle sur la terre. Ce n'est pas un gourmand, un glouton, un être qui dévore pour son plaisir. Il mange, il mange toujours, c'est une mission sainte qu'il a reçue de la nature. Il mange, et chacune des bouchées qu'il fait éloigne la peste. Il n'engloutit les dépouilles des morts que pour en faire du sang qui coule, de la chair qui palpite. Sa place n'est pas dans le hideux cortége de la mort, c'est un ministre de vie.

Un exemple encore : Voici un certain moineau, son plumage lui-même est peu séduisant, il ne tient qu'une place bien triste et bien mince sur les planches d'une collection ; — mais à qui sait sa vie, il apparaît comme entouré d'une auréole brillante ; il domine tous ses compagnons : lui, bâtit des villes, c'est l'inventeur des cités ouvrières. On l'appelle *Républicain*, et trois cents couples se mettent souvent à l'œuvre pour édifier un nid commun,

un nid immense où chaque ménage a sa cham-
brette, où tous vivent chantants dans la plus belle
intelligence. Quel exemple !

Chaque être créé respire, sent, vit. Ce que
nous avons voulu, c'est tenter d'animer quelques-
uns de ces masques, c'est d'essayer d'intéresser en
signalant quelques particularités de ces vies acti-
ves et laborieuses qui ont toutes concouru dans
leur mesure à la grande Harmonie.

VISITE

AU MUSÉUM D'HISTOIRE NATURELLE

DE ROUEN.

Historique. — Dons. — Disposition.

INTRODUCTION.

Les bâtiments de Sainte-Marie, qui comprennent le Muséum d'histoire naturelle, n'ont rien de séduisant à l'extérieur ; ils n'ont que le mérite d'être parfaitement appropriés à l'usage de salles de collections.

Ces bâtiments faisaient partie de l'ancienne maison des Dames de la Visitation de Sainte-Marie, bâtie vers 1640.

Ils étaient sans destination, quand, en 1828, M. Delalande, frère du célèbre voyageur, vint offrir à la ville de Rouen, alors sous l'administration de M. le marquis de Martainville, maire, de lui vendre, au prix de 40,000 fr., une collection d'histoire naturelle qu'on avait fait par avance déballer.

A la même époque, le docteur Pouchet revenait de Paris, où il s'était particulièrement adonné à l'étude des sciences naturelles sous la puissante impulsion de De Blainville. Consulté par la municipalité, il émit des doutes sur la valeur de la collection, et, à sa demande, on fit venir de Paris un homme compétent qui l'estima environ 11,000 fr. — En même temps, le Dr Pouchet fit ressortir les avantages qu'il y aurait, au lieu d'acquérir cette collection, à voter une allocation annuelle qui permît au Muséum de s'agrandir d'année en année. Les professeurs-administrateurs du Jardin-du-Roi à Paris offraient, de leur côté, de contribuer par des dons à la création d'un établissement confié à leur élève distingué.

On remercia donc M. Delalande, et le jeune directeur se mit à l'œuvre, il y a vingt-huit ans de cela, avec un subside annuel de 700 fr. (qui fut, il est vrai, augmenté depuis). Aujourd'hui, la collection, enrichie de tous les dons faits à la ville, peut être estimée 140 à 150,000 fr.

La ville avait fait faire, en prévision de l'achat Delalande, le premier tiers des grandes armoires de la galerie du second étage. Aucun meuble n'occupait encore le milieu, et, en 1830, à la suite de la Révolution, dans ce moment d'enthousiasme qui accueillit le nouvel état de choses, la garde nationale donna, dans la galerie même, transformée et décorée *ad hoc*, un grand bal patriotique.

L'administration de M. Barbet, dès 1832, 1833 et 1835, compléta la galerie dans les trois quarts de sa longueur actuelle et y plaça les meubles qu'on y voit encore.

En 1839, un appartement, qui occupait

l'extrémité où se trouve l'escalier tournant,
reçut des armoires et l'on commença les
travaux d'appropriation d'un vaste grenier
qui est devenu la galerie des oiseaux. —
Celle-ci reçut des agrandissements successifs,
ainsi que les meubles qui la décorent, en
1844 et 1846.

C'est à M. Fleury, maire, qu'appartenait
la gloire de mettre la dernière main au
Musée qui commençait à devenir un des
plus importants de France. En 1850, on
abattit la cloison qui séparait en bas la
galerie de l'appartement qui était à l'extrémité, on remplaça l'ancien escalier par un
escalier tournant, et le carrelage par un
élégant plancher ; on créa, au-dessus des
armoires primitives, une nouvelle galerie ;
enfin le grand escalier prolongé fournit
un nouvel abord à l'étage supérieur, qui
s'agrandissait une dernière fois.

Le zèle de l'excellent administrateur
pouvait s'arrêter là, et une plaque commé-
morative, posée dans le vestibule du Muséum, annonçait que celui-ci avait été

terminé. — Cette inscription est conçue en
ces termes :

MUSÉUM D'HISTOIRE NATURELLE,
COMMENCÉ EN 1828,
SOUS L'ADMINISTRATION DE
M. LE MARQUIS DE MARTAINVILLE,
MAIRE DE ROUEN,
CONSIDÉRABLEMENT AUGMENTÉ
SOUS L'ADMINISTRATION DE M. H. BARBET,
MAIRE DE ROUEN,
ACHEVÉ EN 1851,
SOUS L'ADMINISTRATION DE M. FLEURY,
MAIRE DE ROUEN.

Cependant M. Fleury, à qui le Muséum
et les personnes qui cultivent à Rouen les
sciences naturelles, doivent une éternelle
reconnaissance, créait encore, en 1857, au
moment même où la mort vint l'enlever,
une nouvelle galerie au premier étage, dans
le local occupé antérieurement par la Société
d'Agriculture. Disons de suite que ces travaux ont été achevés avec autant de zèle
qu'ils avaient été commandés, par la nou-

velle administration municipale, surtout ja-
louse de la prospérité des institutions qui peuvent répandre quelque lustre sur la cité.

Le Muséum comprend donc trois galeries,
que nous désignerons par les noms de :

Galerie d'Anatomie, au 1er étage ;
Galerie des Mammifères, au 2e étage ;
Galerie des Oiseaux, au 3e étage.

Quant à la seconde, elle comprend elle-
même une galerie supplémentaire que nous
nommerons Petite Galerie.

La sollicitude toute particulière que l'administration municipale montrait envers la
collection commençante de Sainte-Marie, et
les soins de son directeur, qui dès-lors y con-
sacra la plus grande partie de son temps,
furent un puissant encouragement pour les
donateurs. — Aussi ont-ils été nombreux,
empressés qu'ils étaient de contribuer à la
prospérité d'un musée qui s'offrait aux yeux
en si bel ordre et où aucune branche de
l'histoire naturelle n'avait été négligée.

C'est en effet un des mérites de notre Muséum rouennais d'être complet, d'offrir un en-

semble d'animaux ou d'échantillions de tous genres, de manière à favoriser tout spécialement l'étude des sciences naturelles. Mammifères, oiseaux, reptiles, poissons, coquilles, insectes, polypiers, tous les groupes y sont représentés plus ou moins richement, mais toujours suffisamment, sans compter un nombre considérable de pièces anatomiques, de fossiles, de minéraux, d'ustensiles étrangers, etc., etc.

Une seconde inscription, placée en regard de la première dans le vestibule, rappelle les noms des personnes qui ont le plus contribué à enrichir le Muséum :

PRINCIPAUX DONATEURS.

MM. LE COMTE DE SLADE, DE ROUEN ;

LES PROFESSEURS-ADMINISTRATEURS

DU MUSÉUM DE PARIS ;

CÉCILLE, VICE-AMIRAL DE FRANCE ;

LARGILLIERT, DIRECTEUR DE LA BANQUE ;

A. MAILLE, ANCIEN DÉPUTÉ ;

MADAME LARGILLIERT.

Le Muséum de Rouen brille surtout par une collection *sans pareille* d'oiseaux d'Europe. On appelle ainsi tous les oiseaux qui mettent la patte, même momentanément, sur nos terres européennes. — Cette collection, aujourd'hui unique en son genre, a été léguée à la ville par M. le comte de Slade.

M. de Slade, après avoir passé une jeunesse assez accidentée à Paris et une bonne partie de sa vie à Rouen (1), vivait retiré dans son domaine de Saint-Cyr, près de Mantes. Quelques-uns de ses voisins avaient de petites collections (s'il est permis d'appeler cela ainsi) d'oiseaux du pays, tués dans les bois d'alentour. Lui, voulut en avoir une plus belle qui les éclipsât toutes :

---

(1) Il a laissé à un de ses parents une épée qui, dit le testament, avait vidé plus d'une querelle au café Procope. — A Rouen, il était connu sous le sobriquet du *Petit-Bouillon*, parce qu'il était de petite taille et qu'il avait épousé une princesse de Bouillon.

Il s'adressa aux meilleurs marchands d'oiseaux, leur demanda tous ceux d'Europe,
et, payant bien, il se vit en peu de temps à
la tête d'un véritable Musée, sans jamais
avoir été naturaliste.

Nous avons déjà signalé le puissant con-
cours apporté par les professeurs du Muséum
de Paris à la création de l'établissement
qui nous occupe. — Quant à M. l'amiral
Cécille, le souvenir de sa ville natale l'a suivi
par-delà les mers, et du fond de l'Océanie,
de la Nouvelle - Zélande, presqu'aux An-
tipodes, il adressait encore à Rouen des
objets d'histoire naturelle et d'ethnographie
extrêmement précieux. — C'est à lui qu'on
doit la superbe coupe de Neptune qui orne
le milieu du vestibule, et la proue de pyrogue
néo-zélandaise qui est au bas de l'escalier.

M. Maille était un entomologiste distingué. — Il eut l'heureuse idée de former, à
même sa collection, une collection encore
très-complète dont il fit hommage au Musée.
C'est à lui que celui-ci doit tout ce qu'il
possède en fait d'insectes.

La dernière donation importante qui ait été faite au Musée est la collection de M. Largilliert, autrefois directeur de la banque, à Rouen. Cet honorable fonctionnaire, animé d'une ardeur passionnée pour les coquilles, était parvenu à créer une collection aussi remarquable par la fraîcheur des individus que par le nombre des espèces. L'amiral Cécille avait lui-même mis au service de M. Largilliert son zèle éclairé, et fait draguer, pour son ami, à tous les coins du globe, lui rapportant, après chacun de ses voyages, de nouvelles richesses.

M. Largilliert, de son vivant, avait beaucoup donné au Muséum et, après sa mort, Mᵐᵉ Largilliert, obéissant aux intentions de son mari, remit entre les mains de la ville le précieux dépôt qui comptait environ 6,000 espèces et 25,000 individus.

Bien avant la création du Muséum, il y avait au Jardin-des-Plantes des cours où l'on professait la botanique en été. Le nouvel établissement semblait réclamer une pareille institution. C'est le complément naturel

d'une collection scientifique, qu'un cours
qui permet au public de s'initier à une
science dont il tient les matériaux à sa disposition. Le Dr Pouchet, qui professait déjà
la botanique, fut donc chargé de faire en
hiver, à Sainte-Marie, un cours de zoologie.

Le succès le plus brillant répondit aux
attentes de la mairie, et chaque soir l'am-
phithéâtre regorgeait de monde, puisque
chaque hiver on adressait au professeur des
pétitions pour transporter ailleurs le siége
de son enseignement ; mais la proximité du
Muséum ne permit pas d'y faire droit.

Dans ces cours, l'enseignement était libre ;
chaque année, le professeur s'imposait un
programme nouveau, et c'est ainsi que la
science était tantôt offerte aux auditeurs
sous un jour tout-à-fait élémentaire, et que
tantôt le professeur s'élevait aux plus hautes
spéculations des sciences philosophiques et
transcendantes. On peut citer comme ayant
été particulièrement suivis un cours de phy-
siologie, spécialement consacré à l'étude de
la génération, un cours de géologie et un

cours sur les oiseaux d'Europe, professé après l'annexion de la collection de M. de Slade.

Enfin la ville créait, pour les cours municipaux, de nouveaux amphithéâtres plus vastes et mieux disposés, quand parut le décret qui organisait à Rouen une *Ecole préparatoire à l'enseignement supérieur des sciences et des lettres.* Un programme est imposé aux professeurs, la science élémentaire seule professée et les cours entièrement distraits de l'influence municipale et complètement indépendants des belles collections du Muséum, qui restent ainsi sans profit pour les masses.

S'il nous était permis d'émettre un vœu, ce serait, non pas pour le rétablissement d'un enseignement complet, mais pour la réorganisation d'un cours de fort peu de leçons (dix ou douze au plus par an) et qui serait spécialement destiné à mettre en lumière les richesses que possède la ville à Sainte-Marie (1).

_____

(1) La presse locale a déjà exprimé un vœu

Rouen ne peut pas rester indifférent quand le monde savant lui-même commence à se préoccuper de sa collection. En une seule année, il y a quelque temps, le Muséum a reçu la visite de deux ornithologistes, les plus éminents de l'Europe : le prince Ch. Bonaparte, dont la science et les savants déplorent la perte, et M. Jules Verreaux. Dès 1853, il avait été visité par le plus grand ornithologiste de l'Angleterre, M. Gould. M. Michelet a cru également devoir le parcourir avant d'écrire l'*Oiseau* (1).

à peu près semblable. (Voir la *Chronique de Rouen* du 22 juillet 1858).

(1) Le dernier visiteur illustre dont le Muséum puisse s'honorer, a été S. E. l'ambassadeur de Perse, Ferruck-Khan.

PREMIÈRE GALERIE.

ANATOMIE.

Avant d'arriver à la galerie du premier étage, nous trouvons déjà au pied de l'escalier deux objets dignes de fixer notre attention.

L'un, en face l'entrée même, est un moule en plâtre d'une tête de *Mosasaure*. C'était un animal fait, à peu près, comme un lézard, mais vraiment gigantesque, comme on peut s'en assurer en comparant à ce débris la tête des plus gros crocodiles.

L'original est connu sous le nom de fossile de Maestrich, du lieu où il a été rencontré et où il est encore. — Lors du bombardement de cette ville, en 1793, l'état-major de notre jeune et intelligente armée républicaine avait pris les précautions les plus minutieuses pour qu'un quartier de la ville fût épargné, celui où se trouvait la maison d'un curé, en possession duquel était la précieuse trouvaille. Quel beau culte pour la science! quel exemple donné par ces jeunes héros dont la bravoure seule pouvait égaler l'inexpérience! C'était bien ces mêmes hommes qui firent de la campagne d'Egypte la plus belle expédition scientifique qui fût jamais.

Près du fossile de Maestrich, nous trouvons la proue peinte en rouge d'une barque de guerre de la Nouvelle-Zélande. Elle a été tirée d'un seul morceau par les indigènes, ces artisans infatigables qui ont la fureur de tout peindre et de tout sculpter, jusqu'au toit de leurs cabanes. On s'étonne seulement qu'on puisse arriver à exécuter de semblables travaux avec quelques mauvaises haches et quelques vieux couteaux. Quant à l'histoire de ce curieux fragment, la voici, copiée d'une notice qui en accompagnait l'envoi :

« Dès qu'il eut appris le massacre de l'équipage du baleinier français le *Jean-Bart*, par les Néo-Zélandais établis à l'île Chatam, le commandant Cécille se rendit immédiatement à cette île pour châtier ces anthropophages de cet acte de barbarie. Après avoir fait prisonnier le chef Eitouna et deux de ses compagnons, avoir détruit par le feu tous les établissements de Chatam, l'ordre fut donné également d'incendier les canots des sauvages dont on s'était emparé. Au moment d'exécuter cet ordre, le commandant Cécille, frappé de la beauté des sculptures qui ornaient la pyrogue de guerre du chef Eitouna, en fit détacher ce morceau pour l'offrir au Musée de Rouen. »

Et maintenant, montant les degrés, franchissons le seuil de ce sanctuaire où l'on apprend la vie en étudiant la mort.

Une mégère, arrêtée par un sergent dans une pièce de Shakspeare (1), ne trouve pas de meilleure injure à cracher au visage du

---

(1) L'hôtesse Quickly, dans *Henry IV*. Voy. deuxième partie, acte v, scène iv.

soldat que celle-ci : *Anatomy !* — C'est
qu'en effet l'anatomie, avec son cortége d'os
craquants, est peu faite pour séduire à moins
qu'on n'en pénètre à fond les mystères. — Et
que nous importe, à nous, flâneur, que tel
animal ait cinq vertèbres ou sept à son cou,
plus ou moins de côtes, quatre membres ou
deux seulement, etc. !

Nous ne nous arrêterons pas devant tous
ces squelettes, nous citerons seulement les
plus intéressants.

Celui qui occupe le centre de la galerie
est le squelette d'une *Baleine à museau de
brochet*, seulement c'est une toute petite
baleine : elle mesure à peine la moitié de la
longueur qu'elle aurait pu atteindre.

Au-dessous est une vertèbre de *Baleine*
de même sorte, mais adulte ; — la tête d'un
Éléphant et une mâchoire armée de dents
formidables, celle d'un *Cachalot.* Malheur à
la barque qui se trouve à portée de cette
gueule terrible : un coup de dent peut la
broyer ou la couper en deux.

Suivons maintenant l'ordre des armoires,

et cela nous sera d'autant plus facile que nous trouvons d'abord l'homme, le premier des animaux.

(**1**) Il est peu de noms dans la science qui aient joui d'une popularité plus grande que celui de Gall, peu de systèmes qu'on ait plus ridiculisés que le sien , mais peu aussi qui aient autant ému le monde.

Proscrit de Vienne, au commencement de ce siècle, Gall, suivi de son fidèle disciple Spurzheim, parcourut le nord de l'Europe, répandant partout sa doctrine. Ce voyage à travers la Prusse, la Saxe, la Suède, la Hollande, la Bavière et la Suisse jusqu'à Paris, avait été un véritable triomphe. A Berlin on avait frappé des médailles en son honneur ; des princes, des rois même, n'avaient pas dédaigné de se mêler à la foule de ses auditeurs.

Gall, dont les idées étaient après tout beaucoup plus respectables qu'on ne se le

(1) Les numéros placés en haut des pages et dans le texte, correspondent à ceux placés au bas de chaque armoire.

figure généralement, avait rapporté à la matière, à certaine conformation du crâne et du cerveau, et l'intelligence, et les instincts bons et mauvais. — Il fallait prouver une théorie aussi nouvelle. — Gall et ses disciples examinèrent des milliers de têtes, vivantes ou moulées, firent même exhumer des crânes vides, qu'ils moulèrent et dont les copies se répandirent, portées par leurs idées, dans tous les musées d'anatomie.

Les grands talents, les grands génies, les grands dévoûments se trouvèrent ainsi réduits au rôle de pièces anatomiques, à côté des idiots, des visionnaires ou des grands criminels.

La plupart des noms qui figurent au-dessous de ces moules sont connus, c'est :

Talleyrand, *Robespierre*, le *Dante* avec cette figure qui revient d'Enfer et qui a fait dire au poète :

Ah! le mépris va bien à la bouche de Dante (1).

---

(1) Barbier, *Iambes*.

C'est *Bichat, Mirabeau, Cromwell, Bacon, Herschell, Newton, Talma*, conservant encore à travers la mort la sublime expression de ses traits.

Puis encore : *Pitt, Sterne, Fox, Mackensie* le voyageur, les deux astronomes *Airy* et *Delaplace*, — *Dumont d'Urville, Horace Vernet* et *Walter Scott* avec une tête si singulièrement conformée qu'elle en est difforme.

Citons encore, au milieu de toutes ces célébrités, le moule du crâne de *Raphaël*, le peintre débauché des saintes madônes, — celui aussi du licencieux *marquis de Sade*.

D'autres sont moins connus, tirés seulement par le grand philosophe de l'obscurité à laquelle ils étaient prédestinés.

Le nègre *Eustache* est un grand prix de vertu, lauréat de la fondation Monthyon. — Bosse de la bienveillance.

Bentigoss possédait une fortune considérable et une haute intelligence avec des sentiments affectueux extrêmement remarquables, mais il n'avait aucune circonspection (c'est la bosse qui lui manque sûr cette tête monstrueuse). Il ne pouvait s'occuper de ses affaires, il ne savait pas calculer les conséquences de ses pensées, de ses sentiments, de ses instincts, de ses goûts ; quels qu'ils fussent, il s'y abandonnait sans réserve, s'en rapportant à la bonne foi et à la probité de ses gérants. Faut-il ajouter qu'il se ruina ?

Si les théories de Gall ne sont plus guère adoptées, l'art avec lequel fut édifié le système du célèbre utopiste fait encore l'étonnement du monde. Ce qu'on admire en lui, c'est une habileté incomparable à rattacher à ses théories tous les faits rapprochés ou éloignés qui pouvaient lui servir.

Il avait admis une bosse de la constructivité ; un autre, moins ingénieux, ne l'eut cherchée que dans des architectes, des constructeurs, etc. Gall présenta hardiment au monde la tête d'une célèbre *Modiste de Vienne*. - Eriger un palais, faire un chapeau, n'est-ce pas toujours même chose ? créer de parties hétérogènes un tout indépendant de

ces parties, un tout homogène, proportion-
nel, harmonieux ? L'architecte et la modiste
auront tous les deux, quand ils excelleront
dans leur art, la bosse de ces assemblages,
qui dérivent, quels qu'ils soient, d'une seule
et même faculté, la Constructivité.

Au bas de l'armoire sont encore des
hommes de grande renommée, mais à d'autres titres. Ce sont des criminels, tous exé-
cutés ou à peu près. C'est dans le panier à
son, au pied de l'échafaud, que Gall allait
chercher les beaux exemples de bosses per-
verses, à moins pourtant que ce ne soit celle
de l'amour filial. — On pouvait s'y attendre
assez peu, et cependant, tel fut une fois le
cas. C'est un nommé *Granié* qui offrit cette
bizarrerie, si peu croyable qu'on voit encore
sur le moule ici présent que la peau du
crâne a été enlevée pour examiner celui-ci
de plus près. Il avait assassiné et il était
déjà condamné à la peine capitale quand il
lui vint un scrupule. Il pensa que s'il mon-
tait sur l'échafaud, ses enfants porteraient la
honte de son supplice. Il résolut donc de se

laisser dépérir dans la prison de Toulouse
où on l'avait écroué. On ne put l'empêcher
d'exécuter son projet, et il succomba après
soixante-trois jours, pendant lesquels il n'a-
vait guère pris que de l'eau (1).

Au milieu de ces figures stupides et sinis-
tres, dont celle de *Cartouche* est le type, il
en est une qui fait un singulier contraste
avec ses nobles traits, son front intelligent,
sa fine moustache et son éternel sourire,
c'est la tête de *Lacenaire*, qui occupa tant le
monde en 1836. — Lacenaire n'était pas
un assassin vulgaire. Il croyait avoir eu à se
plaindre de la société et il exerçait en grand
sa vengeance sur elle. Il assassinait sans
haine et sans crainte, aussi jamais le re-
mords n'eut-il prise sur son esprit, jamais

---

(1) On peut lire toute cette lugubre histoire
dans une notice publiée par le docteur Desbar-
reaux-Bernard (un vrai nom de médecin de prison) qui avait assisté à ce supplice de deux mois.
— *Notice historique sur Guillaume Granié*, Toulouse, 1831.

son calme ne se démentit une minute, et aux assises il parut aussi entendu à suivre l'instruction du procès que les magistrats qui l'entouraient.

A cette perversité épouvantable qui fit presque trembler Paris, Lacenaire alliait un esprit brillant et cultivé. Même en prison, à la veille de monter sur l'échafaud, il s'exerçait à faire des chansons, des vers. Malheureusement, quoi qu'on en ait dit, il n'était pas poète, et, plutôt que ses vers médiocres, nous préférons citer un fragment de ses mémoires, qui est presque d'à propos :

« Ils peuvent se vanter, a écrit Lacenaire d'une main froide et presqu'à la veille de son exécution, d'avoir, hier soir et deux heures durant, placé cruellement ma tête sous le boisseau.

« Un phrénologiste, M. Dumontier, m'a été amené et m'a modelé. . . . .
. . . . Les réels apprêts pour l'échafaud, jusqu'à me raser les cheveux ! Le froid du rasoir sur la nuque m'a fait courir un million de fourmis aux pattes froides sur la chair. Avec un peu plus d'humanité, ce médecin me tirait de peine

et abrégeait la besogne des autres. Il est vrai que
le plâtre ne m'aurait plus représenté que mort
et qu'il faut au moins, pour la curiosité de la
science, deux copies: une *avant*, l'autre *après* (1).

« Ensuite, j'ai dû, couché sur mon lit, renver-
ser ma tête dans un demi-cercle en cuivre.   .
.   .   .   .   .   . Est venu le plâtre ; petit à
petit, ma face s'est trouvée couverte ; pour conserver ma respiration, deux petits tubes.

« Alors, je me suis arrangé dans une autre
hallucination ; ma respiration était évidemment
fort gênée ; avec un coup de collier bien déter-
miné de ma volonté, je pouvais m'intercepter
l'air, m'étouffer... Ils m'auraient cru patient et
docile, j'eusse été mort sans autre avis ; à peine
une convulsion dans les jambes prise pour une
impatience nerveuse. Mort en ami de la science
et de la main d'un savant ! de préférence à celle
du bourreau ! J'y gagnais. Mon exécution deve-
nait originale ; on en eût parlé.

« La tentation d'éteindre moi-même le flam-
beau m'est venue. J'ai, l'espace de cinq minutes,
retenu mon haleine ; j'en serais venu à bout !...
Mais l'imagination, cette folle de la maison, m'a

---

(1) Le plâtre qui est ici est le moule *après*.

brusquement chassé de cette riante perspective.

« . . . Je me suis décidé à vivre. — M.
Dumontier a tiré le fil, a fait la section du plâtre,
a dépécé les contours ; puis, il m'a découvert la
face et a enlevé la contre-épreuve de moi-même,
avec précaution, en deux quartiers. Le bourreau
n'en fera qu'un morceau. » (1)

(3) Tous ces crânes qui , pour l'observa-
teur inattentif, se ressemblent à peu près ,
forment cependant une petite collection où
nul n'est de trop. La tête, ce *microcosme*
(univers en petit), comme disaient les anciens, est, sans contredit, la partie la plus
vivante et la plus individuelle de l'homme ;
n'est-ce pas le siége des sens et du cerveau,
le trône de l'intelligence et celui aussi de
ces sentiments qu'on avait placés jadis dans
le cœur, dans la rate ou dans le foie, — de
l'amour, de la joie, de la tristesse?

Chez les races d'hommes bien entières,

(1) Extrait du livre sur Lacenaire, par M. V.
Cochinat.

c'est-à-dire qui ont eu peu de rapports avec leurs voisines, tous les crânes se ressemblent à fort peu de chose près, mais quand la nationalité change, on découvre des différences énormes, et une tête de nègre qu'on peut voir ici se rapproche considérablement de la tête d'un singe, avec ses mâchoires avancées et sa dentition formidable.

Voici d'abord sept crânes d'anciens *Francs-Mérovingiens*, que le Muséum doit aux soins de M. l'abbé Cochet ; collection curieuse et authentique, car ils ont été extraits, sous les yeux même de l'habile archéologue, de tombeaux où des ustensiles de toutes sortes ne laissaient aucun doute sur leur origine.

Au-dessous, sont deux rangs de crânes provenant des bords du Nil. Quelques-uns remontent au temps des Pharaons, et l'on peut aisément les reconnaître ; chez ceux-ci, les os du nez ont été défoncés pour enlever la cervelle ; c'était, en effet, une des premières opérations et des plus importantes de l'embaumement.

Enfin quelques moules en plâtre repré-
sentent des variétés factices. Ces crânes,
tous déformés par des moyens plus ou moins
ingénieux, appartiennent soit à d'*anciens Pé-
ruviens*, soit à des *Caraïbes*, habitants origi-
naires des grandes et des petites Antilles.
Bizarre effet de la mode, qui porte des peuples entiers à altérer les splendides harmonies de la forme humaine ! Les uns enrou-
laient la tête de leurs enfants dans des
bandelettes allant de la nuque au sourcil ;
on les serrait, et la tête, ne pouvant plus se
développer librement , s'étendait en arrière à en devenir hideuse. On peut voir
ici même une tête d'enfant en cours de
déformation , par cette mode stupide et
barbare.

D'autres, encore de nos jours, renversent
le problème : ils appliquent derrière la tête
et sur le front de leurs enfants deux petites
planchettes qu'on noue ensuite l'une à l'autre. Jamais on ne les défait, et, un beau jour,
l'enfant devient homme et se trouve avoir
une tête plate en avant, plate en arrière et

beaucoup moins large dans ce sens que de
droite à gauche.

(4) Nous ne citerons, dans l'armoire voisine, qu'une tête de *Paca*, curieuse par une
sorte d'os qui en occupe les faces latérales
et qu'on dirait sorti des mains d'un sculp-
teur habile, tant il est gracieusement couvert
d'arabesques naturelles ;

Une tête de *Babiroussa*, sorte de sanglier
aux défenses énormes et dont les supérieures
se retournent et viennent percer la peau de
la lèvre comme des cornes véritables;

Une magnifique tête de *Tigre* avec ces
puissantes mâchoires, ces dents redoutables
qui, en quelques instants, font des miettes
et des morceaux d'une tête d'éléphant.

(5) Ici sont des restes d'antiques générations de créations éteintes, débris sortis
de la terre et qui sont venus nous raconter
un état de choses passé et que l'homme n'a
pas vu. — Les plus délicats des organes
de ces êtres ont traversé les siècles, enfouis dans le sol, et ont surgi tout-à-coup à
nos yeux, nous racontant, jusque dans ses

moindres détails, l'organisation de ces mons-
tres, alors rois de la terre. Devant nous est
l'empreinte de la *cervelle d'un Anoplothère*
et l'*œil gigantesque d'un Ichthyosaure* (1),
plus grand que celui d'une baleine, sur un
animal infiniment plus petit.

(**7**) Le *Ptérodactyle (Pterodactylus gran-
dis)* était un autre monstre de ces temps,
véritable animal-énigme, sorte de chauve-
souris-reptile, qui voltigeait, soutenue par
des ailes membraneuses, et dont le squelette
entier, parvenu jusqu'à nous, a sans doute
épargné au monde savant bien des tracas et
bien des hypothèses absurdes, celui-ci
n'ayant aucun point de comparaison, ne
connaissant aucun animal, dans le monde
actuel, qu'on puisse rapprocher, de près ou
de loin, du Ptérodactyle.

(**8**) Plus loin, nous trouvons une *tête dés-
articulée*, montrant bien la complication
extrême de cette partie de la charpente humaine ;

------

(1) Voy. le squelette entier de cet animal (**14**).

Une série de *neuf fœtus*, représentant les différentes phases du développement de l'homme pendant les neuf mois de la grossesse ;

Enfin, le moule d'un monstre célèbre dans les annales anatomiques : c'était une fille à deux têtes, ou plutôt deux filles réunies par la partie inférieure du corps, qui vécurent un certain temps et qui excitèrent au plus haut point la curiosité publique. On les avait baptisées *Rita* et *Christina*, et l'on suivait curieusement leur développement, quand l'une devint plus chétive et finit par mourir. L'autre ne survécut que quelques heures. — Leur organisation, étudiée au point de vue philosophique, n'était cependant pas incompatible avec la vie, et sans doute Rita-Christina auraient pu vivre. — Nous avons, du reste, entendu M. Serres raconter, dans ses leçons au Muséum de Paris, l'histoire d'un homme qui vécut, dit-on, à la cour des Stuarts, rois d'Ecosse, et qui avait deux têtes, deux intelligences, deux volontés distinctes. L'un, ou l'une, dit la tradition, était grand joueur d'échecs, l'autre n'avait que peu d'inclination pour tout ce qui était combinaison, calcul.

(9) Signalons ici une pièce naturelle qui représente la *seconde dentition* déjà formée dans la mâchoire et prête à remplacer les dents de lait chez un enfant.

A côté est la tête d'un tigre fossile (*Felis smilodon*) armée de deux formidables canines.

Si, au lieu de sa tête entière reproduite ici, on n'avait trouvé que ces dents énormes et disproportionnées, à combien de conjectures auraient-elles donné lieu ! — N'aurait-on pas manqué de dire qu'elles appartenaient à une sorte de lion six ou huit fois grand comme les nôtres? Et pourtant il n'en est rien ; l'animal qui portait ces terribles défenses était à peine plus gros qu'un tigre, et le seul embarras est de savoir comment il se servait de cette arme, plutôt faite, il semble, pour le gêner et l'exposer à mourir de faim.

Enfin, un modèle en cire représente *les*

*artères, les veines et les muscles de la tête et
du cou;* c'est l'œuvre de Laumônier, qui
succéda à Lecat et qui précéda Flaubert
comme chirurgien de l'Hôtel-Dieu de Rouen.
— D'humeur aventureuse, c'est presque sur
les grands chemins que Laumônier avait
commencé l'exercice de sa profession. Il avait
une brillante intelligence qui lui rendait
tout travail facile, et une noble figure qui le
fit aimer de la fille d'une des plus importantes familles de la magistrature rouen-
naise. Devenu, un peu par ce mariage,
chirurgien de l'Hôtel-Dieu, il se voua à la
fabrication des pièces anatomiques en cire.
Autrefois, sa vie nomade l'avait conduit
en Italie, il y avait noué des relations avec
quelques-uns des aides de l'abbé Fontana,
qui venait de créer à Florence la plus belle
collection anatomique en cire qui fut jamais.
Laumônier les égala presque, aidé dans ce
travail délicat par les mains habiles de sa
femme, et il est à tout jamais regrettable que
son œuvre ait été dispersée ; nous ne connaissons, avec celle-ci, qu'une grande pièce

représentant un homme entier que conserve précieusement le Musée de Paris.

(**11**) Nous aurions pu, parlant de la baleine qui occupe le centre de la galerie, lui comparer le *Squelette d'un oiseau-mouche*, petite pièce d'une délicatesse inouie, véritable petit chef-d'œuvre de mécanique dont la perfection étonne autant que la lourde et massive charpente de la prison du prophète Jonas.

(**13**) Notons en passant un os de la cuisse ou *fémur d'autruche*. Il nous servira dans un instant de point de comparaison.

(**14**) Ces *squelettes de serpents*, quoiqu'un d'eux soit déjà d'une taille fort recommandable, n'appartiennent pas au fameux Boa; ce sont des Pytons, hôtes de l'ancien continent, et qui se distinguent immédiatement du serpent des savanes d'Amérique par la présence de pattes; — oui, de pattes, de vraies pattes, tout ce qu'il y a de plus pattes. — A la vérité, ces membres ne se traduisent à l'extérieur que par une griffe, une sorte d'ergot, mais celui-ci est relié à la colonne vertébrale et au reste du squelette par des os qui sont les analogues de ceux de la jambe chez les lézards.

L'homme n'a que trente et quelques vertèbres et douze paires de côtes. Le plus grand de ces squelettes compte juste trois cent quarante vertèbres et deux cent quatrevingt-une paires de côtes!

Dans le bas de l'armoire, à droite, est la tête presqu'entière d'une sorte de crocodile fossile qui hantait autrefois, dans un ordre de choses antérieur, sinon l'embouchure de la Seine, car il est fort problématique que la Seine existât alors, du moins les lieux où s'élèvent aujourd'hui Rouen, le Havre, Honfleur, Caen, etc., etc.

(**15**) Ces *chats sculptés en bois* sont les coffres dans lesquels les anciens Egyptiens renfermaient la triste dépouille de ces animaux sacrés.—A côté sont des *pots à momies* et des momies d'Ibis, sorte d'oiseau sur lequel nous reviendrons en le rencontrant plus tard à sa place, au milieu de la gent ailée.

« On trouve les *pots à momies*, écri-

vions-nous dernièrement, à Saccarat, un des
villages qui étalent leurs cabanes de boue et
leurs palmiers superbes sur la campagne
immense où fut Memphis, la ville sainte. Là
sont des souterrains qu'on appelle *puits à
oiseaux*. Après une marche pénible sous une
atmosphère qui n'est que poussière noire,
après avoir rampé plutôt que marché dans
une étroite galerie, sur un terrain formé de
débris de pots en terre rouge, on arrive à
la fin devant ceux qui sont encore à leur
place, rangés en fort bel ordre. Il y en a de
deux modèles : les plus grands ont à peu
près la taille et l'aspect d'une forme à pain
de sucre qui serait un peu moins évasée que
d'ordinaire. Les autres sont plus petits et
presque toujours dans un meilleur état de
conservation. Un couvercle muni d'une sorte
de bouton entre à quelques centimètres sous
l'orifice du pot et est fixé là par un ciment
jaunâtre. »

Ceux-ci sont d'entre les petits. A côté
sont des momies, toutes assez simples et
dont aucune ne renferme probablement un

oiseau entier. — Sur l'une d'elles on voit un
morceau d'étoffe appliqué représentant un
petit Ibis assez bien dessiné. — Si l'on vient
à ouvrir ces momies, à dérouler ces bandelettes, on ne trouve le plus souvent, à l'intérieur, qu'une poussière noire et charbon-
neuse ; la toile même semble avoir été brû-
lée par places et porte les traces réelles du
feu. — Ce phénomène de carbonisation s'est
accompli avec des milliers d'années; c'est ce
qu'on appelle une combustion lente, très-
probablement analogue à celle qui a produit, avec les amas de matières végétales
enfermés dans la terre, ces dépôts de charbon et de houille qui alimentent nos chemi-
nées. — Deux bocaux sont là, remplis de
plumes, de poussière noire et de bandelettes
brûlées, provenant de l'autopsie d'une de ces
momies.

(**16**) Près de là se trouve l'os de la
jambe d'un oiseau gigantesque ; au même
appartiennent encore deux autres os placés
un peu plus loin (**17**), et, parmi ceux-ci, un
fémur que nous pouvons comparer mainte-

nant au fémur d'autruche que nous avons signalé plus haut (page 43). L'autruche peut être une fois moins grande que le *Dinornis gigantea*, car c'est ainsi que M. Owen, à qui le Muséum doit ces moules, a baptisé l'imposant volatile, digne fils du *Roc* des contes arabes. Ces restes ont été trouvés dans la petite île qui forme le centre de l'archipel de la Nouvelle-Zélande, et sur eux s'exerça, avec un brillant succès, l'habileté du savant anatomiste anglais. Sur les indications qu'il sut tirer de ces trois os, par analogie, par comparaison, il dressa en imagination le squelette entier de la bête et le décrivit, confiant dans les harmonies nécessaires de la Nature. L'animal a été retrouvé depuis à peu près en entier : tout ce qu'avait avancé M. R. Owen s'est trouvé confirmé !

(19) Au milieu de toutes ces bribes d'animaux qui constituent ce qu'on appelle des pièces anatomiques, remarquons la *Chrysochlore du Cap*, le seul mammifère dont le poil possède des reflets métalliques à la manière des plus brillants oiseaux; et plus

loin (**20**), un *Argonaute*, l'animal nautonier qui, monté sur sa coquille, carène légère, déploie ses ailes au vent et vogue tranquille sur les flots, s'aidant de ses huit bras en forme de rames. — Une chose a pourtant beaucoup intrigué le monde savant : seul de tous les animaux à coquilles, il ne tient pas à la sienne ; il est dedans, mais elle ne fait pas corps avec lui, et on a été jusqu'à prétendre qu'il la volait au fond des océans, après en avoir chassé ou mangé le propriétaire et constructeur authentique.

Ces gros insectes, qui possèdent de chaque côté de leur corselet noir un point blanc, sont des *Taupins luisants* de la Havane. — Chacun de ces points blancs est une étoile mille fois plus brillante que notre humble ver luisant. Avec quelques-uns de ces petits météores ailés, on éclaire un appartement, et les dames de Cuba se plaisent parfois à les fixer dans leur chevelure d'ébène ; ainsi parée pour le bal, la noble sénora semble avoir emprunté au beau ciel des tropiques la chevelure étoilée de Bérénice.

Contraste piteux et comme on n'en trouve que dans une collection anatomique ! De cette splendide merveille, de ces animaux, véritables petits Phénix qui brûlent toujours sans jamais se consumer et d'une flamme inexplicable, nous tombons dans ce que l'homme a de plus misérable et de plus mesquin : une *pièce naturelle* nous montre, avec la racine de chaque dent, ce déplorable petit nerf qui fait souffrir des martyrs d'enfer et qui fait vivre une engence de bourreaux, les dentistes. Avec son nerf, son nerf terrible, chaque dent reçoit encore, on le voit, une artère rouge, une veine bleue.

Tout près de là, une autre pièce en cire, d'une fort belle exécution, expose la *circulation du fœtus* ; une autre représente un petit *enfant de six mois* tranquillement endormi dans le sein de sa mère et sans soucis du monde dans lequel il est plus tard destiné à entrer.

Quand, au commencement des âges modernes, la croyance à l'immortalité de l'âme était ardemment discutée, on tira de ce repos admirable de l'enfant, que nous avons là sous les yeux, une des mille preuves ou plutôt explications de la résurrection, que l'on opposait à ceux qui méprisaient les idées nouvelles.

On nous permettra de rapporter ici les poétiques et charmantes réflexions qu'inspirait aux Rabbins cette première phase de notre existence :

« Supposons, disaient-ils, qu'on apprenne à cet enfant qu'il doit dans quelques mois quitter le lieu qu'il occupe. L'enfant regardera un tel événement comme le plus malheureux qui puisse lui arriver. Il se dira en lui même: Ma vie est si agréable ici et si exempte de souci, je nage dans un élément qui me convient tant, dont la température m'est si favorable, qui enfin me protége contre les influences dangereuses du dehors ; quand ma mère ferait les mouvements les plus violents, il n'y en aurait qu'un peu plus d'agitation au-dedans d'elle, je ne serais pas moins mollement bercé dans son sein, je trouve sans souci ma nourriture, je crois et prospère.

« Si l'on disait encore à l'enfant qu'on va déchirer et mettre à néant les enveloppes qui le protégent, tout ce qui l'entoure, les conditions qui paraissent indispensables à son existence, il regarderait comme une mort douloureuse l'acte qui l'arracherait au sein de sa mère et pousserait des gémissements et des plaintes.

« Ainsi gémissons-nous, ajoutaient les Rabbins, quand nous quittons cette vie de misères, où nous nous trouvons si bien, pour embrasser une vie meilleure, mais que nous ne connaissons pas. » (*L'Immortalité de l'Ame chez les juifs*, par G. Brecher.)

DEUXIÈME GALERIE.

MAMMIFÈRES.

(**1**) Les mammifères forment un groupe
d'animaux très-naturel et fort bien caractérisé
par la présence de mamelles ; c'est à ce
groupe qu'appartient l'*homme*.

L'homme n'est que le premier des animaux, et si nous, populations civilisées,
nous nous élevons au-dessus de la brute à
des hauteurs incommensurables, il faut
avouer qu'à mesure qu'on descend l'échelle,
à mesure qu'on approche de ces races dé-
gradées de l'Afrique, de l'Océanie et surtout

de la Nouvelle-Hollande, les différences se comblent ; l'humanité s'abaisse et vient presque toucher à l'animalité.

C'est en contemplant ces moules de jeunes *orangs* et de jeunes *chimpanzés*, morts au Jardin-des-Plantes de Paris, qu'on reconnaît combien les races humaines inférieures ont du singe, combien le singe tient de l'homme.

« La guenon, animal immonde et si semblable à nous-mêmes ! » (1)

s'écrie Ennius, et la pensée qu'avait modulée le vieux poète latin, Galien, plus tard, devait l'exprimer par un fait.

C'est Vésale, médecin de Charles V, qui osa le premier ouvrir le corps d'un homme pour en décrire l'intérieur. — Pourtant le premier traité d'anatomie est bien plus ancien ; il remonte à Galien. Celui-ci, ne pouvant le faire avec des cadavres, eut recours à un biais. Il avait deviné toutes les ressem-

_____

(1) *Simia, quam similis, turpissima bestia nobis.*

blances communes à deux êtres aussi voisins que l'homme et le singe : c'est sur le *Magot sylvain* (**2**) qu'il fit sa description du corps humain.

(**4**) Près de l'*Atèle* ou singe araignée, que la maigreur de ses membres allongés outre mesure ont fait ainsi désigner, se trouve le *Hurleur roux*.

C'est comme l'atèle un singe d'Amérique, mais qui sait pousser des clameurs dont le retentissement ébranle jusqu'en leurs fondements les antiques forêts du Nouveau-Monde (1).

« Vers le lever et le coucher du soleil, ainsi qu'à l'approche des ouragans, ces singes jettent des cris épouvantables dont la singularité effraie tous les voyageurs qui n'y sont point accoutumés : il leur semble que leur demeure soit assaillie par un troupeau de bêtes féroces, et cependant il n'y

---

(1) La cause immédiate de cette puissance vocale réside dans la forme de l'os du gosier de ces animaux, qui offre une cavité profonde et sonore. VOY. PETITE GALERIE (**26**).

a souvent qu'un de ces animaux dans le voisinage ;
les uns les ont comparés aux hurlements d'un
troupeau de sangliers, d'autres aux roulements
du tambour, et d'Azzara au craquement d'une
grande quantité de charrettes non graissées ;
quand plusieurs Stentors crient en même temps,
le fracas de leurs voix est si retentissant, que divers explorateurs des contrées qu'ils habitent
disent qu'il semblerait que les montagnes en sont
ébranlées et qu'elles vont s'écrouler. Selon Mar-
graff, qui a étudié les singes hurleurs dans leur
pays, quand ils sont réunis, le tumulte qu'ils
produisent se fait avec une régularité à laquelle
semble présider quelque intelligence ; il assure
que ces animaux se placent en cercle autour de
l'un d'eux, qui, par ses cris assourdissants, semble captiver leur attention ; mais qu'après que
cette espèce d'orateur a cessé, à un signal de sa
main, tous rompent le silence et poussent d'una-
nimes hurlements jusqu'à ce que le chef, par un
nouveau signal, les fasse taire, et recommence sa
narration retentissante, qui est toujours écoutée
avec un profond recueillement jusqu'à la dissé-
mination du rassemblement. »

.   (POUCHET, *Zool. class.* 7.)

(5) Un autre ordre encore très-voisin de

l'homme est celui des chauves-souris, dont
la main prodigieusement aggrandie soutient
l'aile. Et les rapports véritables qui unissent
l'un à l'autre, dans la structure intime de
leur organisme, ces deux êtres, d'aspect si
différents, ces rapports sont si grands, que
Linné avait osé confondre dans un même
ordre l'homme, le singe et la chauve-souris.

Avec l'énorme *Roussette*, qui étend ici ses
ailes, animal assez doux et qu'on apprivoise
en certains pays, presque comme un chien,
signalons le *Phyllosome vampire*, qui se
permet bien quelquefois de sucer le sang
aux voyageurs abattus par le sommeil et la
fatigue, mais sans que ce soit jamais très-
dangereux ; c'est plutôt l'indélicatesse du
procédé qui a fait la réputation de l'animal
que les suites funestes de sa blessure.

(**6**) L'ours est en somme plus intéressant ;
c'est d'ailleurs une vieille connaissance, et
nous l'avons souvent vu se dandiner bête-
ment dans les foires. Le premier, qui habite
l'Amérique septentrionale, est l'*Ours noir*, et
mériterait presque une place dans les *Vic-*

toires et Conquêtes. De sa peau, on fit tant de chapeaux à poil pour les grenadiers impériaux, ou plutôt les Prussiens et les Autrichiens en avaient tant défait au commencement de ce siècle, que l'espèce en était devenue rare.

(**7**) A côté est l'*Ours blanc* du pôle, et l'*Ours brun* (**8**) des montagnes. Ce dernier est au moins curieux à un titre : il était vivant à la ménagerie de Versailles quand Buffon écrivait son grand ouvrage, et c'est celui-là même qui servit à la description qu'en fit l'illustre auteur.

(**9**) Plus loin est l'*Hermine* aux deux couleurs, brune l'été, blanche l'hiver ; l'hermine qui doit une si belle reconnaissance au lapin blanc qui la remplace avec tant de bon vouloir ; — (**10**) la *Civette,* avec le parfum de laquelle les amateurs aromatisent le tabac à priser ; — (**11**) le *Couguar* ou lion d'Amérique, qui fait assez triste figure auprès d'une *Lionne* véritable, hôte de l'Afrique.

(**12**) Avec ce *jeune Lion,* qui gémissait mourant il y a quelques années dans une

ménagerie foraine en représentation à
Rouen, nous arrivons à tous ces animaux
mouchetés, tachetés, dont les dépouilles forment de si éclatantes fourrures.

(**13**) Le *Guepard* ou tigre chasseur, que
nous trouvons d'abord, est une heureuse
exception dans cette famille de brigands. Il
est éducable et on s'en servit même dans les
cours impériales d'Allemagne pour chasser.
On était à cheval, la bête en croupe ; au
premier signal elle s'élançait sur le gibier,
qui était bientôt rendu et tué.

(**14**) Le *Tigre* vient après, prince des animaux par la force et par la fourrure, mais
auquel manque cet air de dignité noble, de
repos dans la force, qui fait du lion le roi
des animaux. Le tigre, à l'œil fauve, n'en
serait au plus que le tyran.

(**15**) La *Hyène* n'est pas aussi farouche,
il s'en faut de beaucoup, et c'est à son aspect repoussant seul qu'elle a dû la terrible
renommée que lui font tous les montreurs
d'animaux féroces. La hyène est vorace,
mais peu dangereuse, de plus poltronne, et

quand elle râle et qu'elle hérisse sa crinière
devant son maître, c'est qu'elle a peur, voilà
tout. Un célèbre marchand d'animaux, du
Havre, M. Herbert, en avait dans un temps
deux qu'il laissait en liberté dans sa cour
avec ses jeunes enfants, et il fut même question de les faire paraître à Paris, toujours
en liberté, sur le théâtre de la Porte-Saint-
Martin.

(**17**) Le *Phoque*, autre animal singulier,
a aussi encombré les foires il y a quelques
années, sous le nom de poisson parlant. Il
est au reste au moins aussi intelligent que
le chien, et les livres d'histoire naturelle
sont pleins de traits de dévoûment et de
fidélité à faire pâlir le chien de Montargis
et tous les Médors du monde. — Le plus
gros que possède le Muséum a été tué dans
la Seine, à la Mailleraye, au-dessous de
Rouen. Il était aveugle et s'était sans doute
égaré à l'embouchure de notre fleuve, un
jour de tempête.

. (**18**) Nous venons de passer en revue les
mangeurs, voici maintenant les mangés,

petits animaux demandant tous leur vie au
règne végétal, et qu'on appelle Rongeurs.

C'est d'abord le *Porc-épic*, avec sa redou-
table armure ; — la *Marmotte des Alpes*, ce
premier ministre de Morphée ; — le *Chin-
chilla* à la toison si douce, si soyeuse, si
légère, que la moindre brise en altère l'harmonie et lui hérisse tout son poil ;

Enfin, le *Hamster* et le *Castor*.

Le hamster est, après Josèphe, l'inventeur
des greniers d'abondance. — Par-dessus
tout, il aime le grain ; mais comme les
moissons ne restent pas toujours en terre,
que vient la bise et la neige, qu'au printemps même le blé est long à pousser son
chaume, le hamster creuse de longues galeries souterraines, aboutissant à de vastes
greniers, et, là-dedans, ce petit animal,
gros à peine comme un rat, entasse des
quantités prodigieuses de grains, qui peuvent se compter par boisseaux. — Ses prin-
cipes d'économie et de prévoyance sont au
reste un fléau pour certaines régions de
l'Allemagne dont il dépouille les campagnes,

et le paysan spolié n'a souvent d'autres res-
sources pour vivre que d'aller voler à son
tour le voleur, et découvrir les cachettes où
le hamster a emmagasiné sa propre moisson.
— Un de ces petits animaux est représenté
dressé dans l'attitude qu'ils prennent quand
on leur souffle légèrement dans le nez ; si
l'on continue, ils tombent à la renverse
comme si le plus formidable ouragan s'était
déchaîné contre leur petite personne.

Le *Castor :* On reconnaît bien vite l'habile
architecte à l'ongle du troisième doigt du
pied, qui est double, sans qu'on ait jamais
su à quoi cela pouvait lui servir, et à sa
queue couverte d'écailles, comme le corps
d'une carpe.

On sait ses industries merveilleuses : chacun a entendu parler de ces cabanes, de ces
digues qu'élève le castor dans les eaux
tranquilles des fleuves de l'Amérique septentrionale. Nous ne reviendrons pas sur un
sujet tant de fois rebattu ; disons seulement
qu'on trouve encore quelques castors dans
le midi de la France sur les bords de la

Garonne ; mais là, poursuivi par la civilisa-
tion, il ne bâtit plus de cabanes qui attire-
raient trop l'attention, il creuse de longs
boyaux souterrains, qui s'ouvrent même
sous l'eau et au fond desquels il défie l'ennemi le plus acharné. — Autrefois, les
castors étaient plus communs en Europe, et
les moines avaient fait la judicieuse remar-
que que puisque sa queue est couverte
d'écailles, ce devait être poisson. On la
mangeait en carême.

Un mot encore d'un animal que son étiquette désigne par le nom de *Myopotame
coïpou,* mot harmonieux en grec ou en chinois, c'est possible, mais assurément pas en
français. Myopotame veut dire rat de fleuve,
et la particularité qu'offre cet animal, c'est
qu'on l'a cru longtemps sans mamelles ; on
ne pensait guère en effet à aller les chercher
sur le dos, où elles sont et où le doigt
peut même en percevoir la saillie sous le
poil.

(**19**) De l'*Écureuil* agile, nous passons presque sans transition au *Paresseux.* (**21**) Jamais

nom ne fut mieux donné ; le paresseux est
un animal mou, lent; se traînant lourdement
au-dessous des branches, où ses griffes crochues le retiennent sans effort. Il dort à peu
près toute la journée et ne se réveille que
pour pourvoir à sa subsistance.

(**22**) Les *Marsoins* sont-ils mammifères
ou poissons ? Voilà la question qu'on se
pose tout d'abord en voyant ces habitants
des mers classés au milieu des bêtes à quatre pattes.

C'est qu'en effet, ce sont de véritables
mammifères, beaucoup plus semblables, tout
singuliers qu'ils sont, à un bœuf qu'à un
merlan. Comme le bœuf, ils ont le sang
chaud, respirent l'air de l'atmosphère,
mettent bas un petit bien vivant, et, toujours
comme la vache, le nourrissent de leur lait;
bien différents en tout cela des poissons,
qui ont le sang froid, respirent l'eau par les
ouïes, pondent des milliers d'œufs et les
abandonnent au gré des eaux. — Quant à
l'évent, ce trou que les cétacés ont au-dessus de la tête et par lequel ils lancent un

jet d'eau et de buée, c'est tout bonnement leur nez.

Les marsouins avec les dauphins, les baleines, les cachalots, constituent l'ordre des *Cétacés*, qu'on chasse avec acharnement pour les produits qu'ils fournissent, baleine, blanc de baleine, huile, etc. On peut voir ici deux barques de pêche, l'une lapone, faite dans le pays même, l'autre française, séparées toutes deux de l'espace immense qu'il y a entre la barbarie et l'état civilisé. La barque lapone est faite de peaux de phoque; elle est close de toutes parts, un simple trou est ménagé dans le milieu; un homme s'y asseoit revêtu d'une peau qu'il noue sur les bords de l'orifice où il est engagé, de manière a empêcher l'eau d'entrer, ce qui arriverait à peu près à chaque instant. D'une main, le chasseur tient une rame double; de l'autre, un harpon muni d'une ligne au bout de laquelle est une outre pleine d'air. Il s'approche, frappe et abandonne son harpon, qui entraîne la ligne et l'outre. Celle-ci surnage et permet au chasseur de suivre l'animal blessé qui fuit sous l'eau.

Quelle différence avec cette autre barque munie de tous ses agrès, de tout ce qui peut assurer le succès de l'entreprise ! D'ailleurs, ce n'est plus, comme le Lapon, des phoques, des petits cétacés qu'il faut exterminer, c'est une baleine, un cachalot, deux et trois fois long comme la barque qui va le défier. Saurait-on donc prendre trop de précautions ?

C'est chose grave et féconde en émotions que la pêche, par un homme, d'un être qui est 3,200 fois environ plus volumineux que lui. Dès que le *guetteur*, qui est en vigie sur la plus haute vergue du navire, aperçoit une baleine, il donne le signal convenu. Le branle-bas commence, on saute dans les embarcations, entièrement semblables à celle-ci, et l'on s'avance à force de rames dans la direction indiquée.

Dans chaque barque, quand elle est bien équipée, il y a trois ou quatre harpons, des lances et de grands tranchets, des avi-

rons et des tolets de rechange, du biscuit
et de l'eau, une boussole, un petit pavillon
rouge qui annoncera la prise, etc., etc. A
l'arrière est une forte amarre qui servira à
remorquer la baleine, si la pêche est heureuse.

Cependant on approche, le pêcheur le
plus hardi et le plus vigoureux est à l'avant,
le harpon dans la main droite et le genou
passé dans une échancrure pour mieux assurer son coup. Dès que la chaloupe est
parvenue à dix mètres de la baleine, le har-
ponneur jette avec force le harpon contre
l'un des endroits les plus sensibles de l'animal. A peine la baleine a-t-elle senti le fer
pénétrer ses chairs, elle s'élance comme ré-
veillée en sursaut, et sa fuite est si rapide
que si la corde qui retient le harpon lui ré-
sistait un instant, la chaloupe chavirerait et
coulerait à fond. On a le plus grand soin
d'empêcher qu'elle ne s'accroche, et de plus
on ne cesse de la mouiller, car elle file si vite
qu'elle allumerait le bois des bordages. Si
la baleine fuit toujours, d'autres barques

viennent à leur tour et attachent leur ligne
à l'extrémité de la première.

« Le secours se fait-il attendre, les matelots
de la chaloupe l'appellent à grands cris ; ils se
servent de grands porte-voix, ils font entendre
leurs trompes ou cornets de détresse. Ils ont recours aux deux lignes qu'ils nomment *lignes de
réserve* ; ils font deux tours de la dernière qui
leur reste, ils l'attachent au bord de leur nacelle ;
ils se laissent remorquer par l'énorme animal ;
ils relèvent de temps en temps la chaloupe qui
s'enfonce presque jusqu'à fleur d'eau en lais-
sant couler peu à peu cette seconde ligne de réserve, leur dernière ressource ; et, enfin, s'ils ne
voient pas la corde, extrêmement longue et vio-
lemment tendue, se casser avec effort ou le harpon se détacher de la baleine en déchirant les
chairs du cétacé, ils sont forcés de couper eux-
mêmes cette corde et d'abandonner leur proie, le
harpon et leurs lignes pour éviter d'être précipités
sous les glaces ou engloutis dans les abîmes de
l'Océan. »   (LACÉPÈDE, *Cétacés*.)

Cependant la baleine reparaît, elle a besoin de respirer ; alors on lui lance un second harpon ou même on l'attaque à la lance,

on la frappe à coups redoublés. Alors le
monstre perd contenance, il ne suit plus
dans sa fuite de direction déterminée, il
tournoie sur lui-même, il bondit, il plonge
encore, et bientôt un cadavre immense flotte
sur les eaux. On l'attache gaîment par la
queue et on le remorque vers le navire.
Heureux quand ces quelques heures n'ont
pas coûté la vie à plus d'un brave marin !

(**23**) Voici encore toute une série d'animaux singuliers par leur aspect ou curieux
par leurs mœurs. L'un, le *Pangolin*, est
couvert d'espèces d'écailles comme un poisson ou un reptile ; les autres sont plus communs, ce sont des *Tatous*. Si le moyen-âge
les avait connus, on aurait presque pu croire
que c'est d'eux qu'il avait emprunté ces armures à pièces mobiles, glissant l'une sur
l'autre. La carapace du tatou n'est pas au-
trement faite ; seulement, au lieu de la rigi-
dité du métal, les pièces de son armure possèdent une souplesse qui permet à l'animal
d'exécuter les mouvements les plus divers ;
il peut même s'aplatir étonnamment et s'en-

gager ainsi dans des fentes qu'on aurait cru
assez hautes tout au juste pour laisser passer
une belette.

L'*Oryctérope*, qui est au-dessous, est
certainement un des plus beaux individus
de cette espèce que possèdent les collections
de l'Europe. Les ongles énormes dont ses
pattes sont armées lui permettent de creuser
la terre, et cela, parfois avec une rapidité
telle qu'on le voit disparaître sous le sol
avant qu'on ait pu l'atteindre à la course.
Là, il se cramponne avec tant de force
qu'on a vu atteler à sa queue un cheval
sans pouvoir le faire lâcher prise. La queue
se rompait plutôt.

L'oryctérope, malgré sa grande taille, ne
se nourrit que de fourmis. Il en est de même
de ces autres animaux (**24**) qu'abrite une
vaste queue et dont la tête pointue se termine par une gueule dans laquelle n'entre-
rait pas une souris. Le *Fourmilier*, car tel
est son nom, après avoir dévasté quelque
fourmilière avec ses pattes crochues, tire
une langue d'un pied de long qu'il étale

gluante aux alentours. Dames fourmis, par
l'odeur alléchées, y viennent en masse, et
quand elle est bien couverte de pauvres insectes englués, l'animal la tire prestement
et ne fait qu'une bouchée de toutes ces vic-
times. — Il ne faut pas oublier cependant
que les fourmis, ou termites de l'Afrique,
sont un peu plus fortes que chez nous, et
qu'il n'est pas rare d'en voir de la grosseur
d'un tuyau de plume.

(**25**) Avec la *Vigogne*, nous entrons dans
l'ordre des ruminants, dont les individus
possèdent cette singulière faculté de revomir
ce qu'ils ont avalé provisoirement pour le
mâcher derechef et l'avaler de nouveau. La
vigogne, ce chameau au petit pied de l'Amérique, n'est guère intéressante que parce
que la Société zoologique d'acclimatation
cherche en ce moment à l'introduire en
France.

(**27**) Qui devinerait que ce *Mouflon de
Corse* est le père de notre mouton, tant la
domestication a changé le physique et abruti
le moral? Le mouflon est en Corse un animal

sauvage, suffisant lui-même à ses besoins, peu craintif et couvert d'un poil rude; mais la domesticité change tout cela en quelques générations. L'individu que possède le Musée n'est pas lui-même tout-à-fait sauvage; la servitude a déjà imprimé son cachet honteux sur lui et son dos porte une mèche de laine qui, chez ses descendants, aurait rapidement envahi tout le corps.

(**28**) On connaît la timide *Gazelle* ou *Corinne*, dont la peau fournit aux habitants du désert des outres où l'eau se conserve si fraîche et si bonne. On connaît le *Chamois* (**30**), cette gazelle des montagnes; nous passerons sans nous y arrêter.

(**38**) L'animal qui produit le musc, le *Chevrotin porte-musc*, a bien d'autres titres à notre considération. C'est dans une poche située sous le ventre du mâle qu'on trouve le précieux parfum que la mode dédaigne aujourd'hui en France, mais dont l'Angleterre fait encore un immense profit. Dans les rues de Londres, souvent on sent des dames qui répandent à vingt pas à la ronde

un véritable nuage de musc. Au reste, le
musc de première qualité est rare et sent
vraiment bon : il arrive en Occident dans la
poche même qui a été retirée du ventre de
l'animal, visitée et contrôlée par les agents
du roi d'Assam. Celui-ci y applique son
sceau sur de la cire verte, pour attester qu'il
n'y a pas eu contrefaçon, et les poches sont
ensuite livrées au commerce.

(40) Le *Renne* est la providence de ces
contrées désolées du Nord, où le soleil, au
plus fort de l'été, suffit à peine pour fondre
un peu la neige.

« En comparant les avantages que les Lapons
tirent du renne apprivoisé avec ceux que nous
retirons de nos animaux domestiques, on verra,
dit Buffon, que cet animal en vaut seul deux ou
trois ; on s'en sert comme du cheval pour des
traîneaux, des voitures ; il marche avec bien plus
de diligence et de légèreté, fait aisément trente
lieues par jour, et court avec autant d'assurance
sur la neige gelée que sur une pelouse. La femelle
donne du lait plus substantiel et plus nourrissant
que celui de la vache ; la chair de cet animal est

très-bonne à manger ; son poil fait une excellente fourrure, et la peau passée devient un cuir très-souple et très-durable ; ainsi le renne donne seul tout ce que nous tirons du cheval, du bœuf et de la brebis. »

Le Samoïède veut-il, même un plat de légumes au cœur de l'hiver, c'est encore le renne qui le lui fournira. Mieux servi par les sens que son maître, le renne sait trouver sous la neige les arbustes, les plantes maigres ou les lichens qui font sa nourriture. Le Samoïède n'a que la peine de tuer l'animal, pour prendre dans sa panse un plat de verdure tout cueilli, mais sur la finesse duquel on peut conserver des doutes.

Les rennes sauvages ne sont pas tout-à-fait aussi pacifiques que leurs confrères réduits en domesticité ; on les préfère cependant pour le traîneau, parce qu'ils sont plus rapides. Mais quelquefois aussi l'animal se rebelle contre l'aiguillon qui le presse, et devant sa colère, le Samoïède n'a qu'un parti à prendre, il retourne son traîneau et se met dessous jusqu'à ce que sa bête soit devenue plus calme.

(**41**) Les mammifères qui s'offrent maintenant à nous diffèrent tellement de tous ceux que nous avons rencontrés jusqu'ici, que quelques savants n'ont pas hésité à les en séparer complètement et à en former un groupe spécial. Ce sont les *Marsupiaux* ou *Didelphes*.

« Fixez votre attention sur les chats de l'Inde, dit quelque part Plutarque, qui, après avoir produit leurs petits vivants, les cachent de nouveau dans leur ventre, d'où ils les laissent sortir pour aller chercher leur nourriture et les y reçoivent ensuite pour qu'ils dorment en repos. »

Tout ceci n'était pas une fable, et les mammifères qu'il nous reste à passer en revue offrent à peu près tous la singulière disposition d'une poche sous le ventre (1),

---

(1) Très-visible dans le grand kanguroo. C'est de cette poche, en latin *marsupium*, que le groupe a tiré son nom.

au fond de laquelle sont leurs mamelles. — Les femelles mettent au monde des petits informes et presque microscopiques. Pour un animal plus gros qu'un chat, le petit, en venant au monde, pèse deux ou trois grammes. La tête est aussi grosse que le tronc et on aperçoit à peine la trace des membres ; sur ce petit être, une gueule énorme, ouverte et demandant à manger. La mère place cet embryon à sa mamelle, que le petit engloutit jusqu'au fond de sa gorge, et il reste là, se développant à l'air comme les autres animaux dans le ventre de leur mère ; puis il quitte la mamelle, sort de la poche pour faire son éducation et rentre au berceau, que la mère emporte à la première alarme.

Le plus gros des *Marsupiaux* est le *Kanguroo*. A voir son air difforme, ces deux petites pattes de devant, ces énormes pattes et cette queue plus énorme encore en arrière, triple ressort qui peut au besoin déployer une force considérable, on devine un animal sauteur, et l'on prétend en effet qu'il peut franchir jusqu'à dix ou douze mètres d'un seul bond.

Les combats que se livrent les mâles ne sont pas moins curieux.

« C'est avec l'ongle solide et pointu qui termine leurs pieds qu'ils cherchent mutuellement à s'éventrer ; mais comme ils meuvent toujours à la fois les deux jambes, on voit les combattants poser réciproquement leurs membres antérieurs sur leur antagoniste, et principalement sur ses épaules, afin d'y trouver un point d'appui et de pouvoir se lancer de plus vigoureuses ruades, durant lesquelles c'est uniquement leur forte queue qui les soutient et supporte tout le poids de leur corps. » (POUCHET, *Zool. class.*)

Le *Phascolarctos cendré* ne le cède guère au kanguroo pour son aspect bizarre. Nous sommes, au reste, en plein dans les animaux merveilleux, et en voici de plus curieux encore : (**42**) d'abord l'*Echidné*, couvert d'épines et avec un bec d'oiseau, puis un autre encore plus bizarre, encore plus oiseau, si cela est possible, avec ses pattes

palmées et son bec de canard dont il est impossible de méconnaître la ressemblance,
si bien qu'on ne saurait presque dire, au
premier abord, si ces animaux sont les der-
niers des mammifères ou les premiers des
oiseaux.

Celui-ci surtout a fait naître les plus
curieuses contestations. C'est vers 1800
qu'un individu fut, pour la première fois,
envoyé d'Australie, empaillé, à l'Anglais
Sir Banks.—Ce dernier, craignant peut-être
une mystification et à coup sûr fort
embarrassé, l'adressa à un autre savant,
Blumembach, qui le décrivit, le classa à la
suite des loutres et le nomma *Ornithoryn-
que paradoxal*, tant pour rappeler son bec
que pour marquer sa structure ambiguë, ou
peut-être même les incertitudes du parrain.
Quelque temps après, un certain Shaw
décrivit et dénomma de son côté le nouvel
animal, puis il annonça bientôt que son *Pla-
typus*, c'est ainsi qu'il l'avait baptisé, pourrait bien n'être qu'un animal falsifié.

La question ne fit que s'embrouiller, et

chacun continua de penser à sa manière.
Pour celui-ci, c'était bien un mammifère ;
pour celui-là, c'était assurément un oiseau ;
pour ce troisième, ce pouvait bien être un
reptile. Et tous de donner leur langue aux
chiens quand de Blainville, en 1812, dé-
montra enfin, par l'étude de l'organisation,
que c'était un vrai mammifère, et que si l'on
ne lui trouvait pas de mamelles, c'est qu'on
cherchait mal. — En effet, en 1824, Meckel
indiqua comme telles de petites glandes
comprises dans l'épaisseur de la peau du
dos. Cependant cette découverte souleva encore des objections ; on n'y crut pas, et l'on
parlait toujours de certaines coquilles d'œufs,
trouvées dans les nids de ces animaux singuliers et qu'on prétendait pondus par eux.
On sut enfin que c'étaient des restes de leurs
repas et tout s'éclaircit. Meckel avait bien vu,
et, comme le myopotame (voy. p. 63), l'orni-
thorynque avait décidément ses mamelles sur
le dos. Le lait s'écoule de lui-même, et le petit,
qui ne pourrait têter avec son bec, happe
le fluide nourricier à la surface de l'eau.

REPTILES.

(**43**) Le Muséum ne possède que peu de reptiles, et la plupart sont bien connus. Nous ne mentionnerons que pour mémoire des *Pythons* sur lesquels on peut voir les deux ergots dont nous avons déjà parlé (voy. p. 43), une énorme *Grenouille* et une *Tortue molle* ou *Trionix* du Nil, rapportée par le Dr Pouchet.

POISSONS.

(**44**) Ils ne sont guère plus nombreux. Nous pouvons cependant citer la *Torpille de Galvani*, la *Baudroie* et la *Murène.*

La torpille, ou animal qui met en torpeur, est toute voisine des raies et possède, comme on sait, la propriété de lancer à volonté des décharges électriques à ceux qui l'approchent et aux objets qui l'inquiètent. Ces secousses sont parfois si violentes qu'on a vu des gens en être renversés ou en perdre, pendant quelques heures, l'usage d'un membre.

On pourrait appeler la baudroie un estomac fait poisson. Derrière cette gueule immense, il n'y a pas de gorge, pas d'œsophage, on est dans l'estomac sans transition. A cet appareil formidable de dévastation, la baudroie joint encore la ruse. Cachée sous les pierres ou sous les fucus, elle laisse flotter les appendices charnus qu'elle porte sur la tête. Les poissons trompés viennent pour les croquer et sont avalés sans autre forme de procès.

La murène est cette anguille sans nageoires, semblable à un serpent, et qui rampe en montrant les dents. C'était un mets délicat, recherché des Romains de la décadence; on les élevait dans de vastes viviers, et c'est à elles que certains empereurs jetaient les coupables en pâture. Ils étaient bien vite dévorés, puis l'animal, engraissé de la sorte, paraissait à son tour sur la table du prince.

POLYPIERS.

(**45**) Autrefois, tous ces êtres qui s'offrent maintenant à nous, *Coraux*, *Madrépores*, *Eponges*, étaient considérés comme autant de végétaux poussant au fond des mers. Il y a peu de temps que la vérité a été enfin reconnue et qu'on a su qu'un polypier est formé d'un nombre immense d'animaux groupés, antés, greffés les uns sur les autres.

Approchez-vous, voyez ce *Madrépore* ; à l'examiner de près, on reconnaît bien vite qu'il est criblé d'un nombre infini de petits pertuits. Chacun de ces trous a été habité par un être sentant, voulant, pensant ; après avoir rempli sa carrière de polype, il meurt ; un autre naît, enveloppe son cadavre d'un nouveau dépôt de calcaire, et le polypier va s'agrandissant, s'agrandissant si bien, qu'il forme avec le temps des îles, des continents, et que les navires n'osent plus franchir aujourd'hui des passes, sans danger il y a un siècle. Le fond de la mer a monté et monte chaque jour.

Puissance admirable de l'association ! un de ces misérables petits polypes, qui n'est pas plus gros qu'une épingle, encombre les mers et gêne l'homme par ses travaux communs.

Une chose bien digne d'être notée, c'est que pour une même espèce, le polypier se reproduit toujours le même et souvent avec une remarquable régularité. Le Muséum possède entre autres un *Madrépore en Corymbe* dont la circonférence n'aurait guère pu être mieux tracée avec un compas.

MEUBLES (1).

(1) Le dessus des meubles est exclusivement réservé dans cette galerie aux coquilles

---

(1) Nous diviserons les meubles par moitiés longitudinales, en allant de gauche à droite. Le n° **1** est donc la moitié qui fait face aux polypiers, le n° **6** celle qui fait face aux singes.

à deux valves. La série commence par les *Térébratules*, fort bien représentées dans là collection de Rouen. C'est à peine si l'on compte aujourd'hui quelques espèces vivantes de ce genre, qui apparaît, en remontant les âges géologiques, comme ayant donné à notre planète ses premiers habitants et qui encombrait alors les océans encore tièdes. — Les espèces contemporaines ne se rencontrent aujourd'hui qu'à de très-grandes profondeurs, et quoiqu'elles doivent être là fort nombreuses, ce n'est qu'avec de grandes difficultés qu'on parvient à s'en procurer. — Le Muséum possède, entre autres espèces rares, quelques beaux spécimens de la *Térébratule lyre* venant du pied du cap La Hève, au Havre.

Sans nous arrêter à tous ces genres, nommons ceux qui sont le plus dignement représentés; c'est : (**2**) le genre *Spondyle;* les *Peignes* aux couleurs éclatantes et où brille au premier rang le *Manteau ducal*, une des plus belles coquilles qui se puissent voir; — (**4**) le genre *Unio* ou *Mulette*, très-complet, avec l'*U. delphinus* et l'*U. spinosus*, coquilles rarissimes et dont la vue fait nécessairement pâmer d'aise tout amateur sachant vivre ; — **(5)** les genres *Bucarde*, **(6)** *Cythérée* et *Vénus* ; enfin, une *Panopée* gigantesque, donnée par l'amiral Cécille.

Le bas des meubles va nous offrir des objets plus variés et plus dignes de fixer notre attention.

(1) D'abord, c'est un *Vase en vanerie* du Chili, fait avec des écorces, et si admirablement confectionné qu'il peut garder non pas seulement des graines fines ou de la farine, mais encore de l'eau, du lait, du vin, sans qu'on en perde plus dans ce panier merveilleux qu'à travers les parois d'un vase en terre.

A côté est une petite cage grossière de la Havane ; elle sert dans les campagnes à enfermer ces insectes lumineux dont nous avons déjà parlé (voy. p. 48), et, ainsi transformée en lustre, on la pend au milieu de l'appartement qu'elle éclaire tant bien que mal.

Nous trouvons ensuite des cordes, des fouets, des étoffes, des bonnets, des ustensiles de différentes sortes, fabriqués avec des *tissus végétaux* qui, parfois même, sans avoir passé par le métier, sont aussi réguliers, aussi solides, aussi fins que ceux qui sortent de nos fabriques.

Nous signalerons encore des albums de ce *Papier de riz* qui nous vient de Chine, mais qui n'est nullement fait, comme on se le figure généralement, avec la plante ou avec la graine du riz. Les Chinois prennent la moelle d'une fleur qui n'est pas même une céréale et découpent avec des couteaux, autour de cette moelle, comme on ferait autour d'un bouchon, une lame mince qu'ils étendent ensuite avec les plus grandes précautions et qui constitue sans plus d'apprêts ce papier qui donne aux dessins un si beau velouté.

(**2**) Plus loin sont différents objets rapportés d'Egypte par le Dr Pouchet : des *Alcarazas* ou mieux *Goullé*, car c'est ainsi qu'on appelle sur les bords du Nil ces vases

qui gardent si bien l'eau fraîche à travers la
chaleur du jour ; — des *Paniers de Nubie*,
recherchés pour leur solidité et qui constituent à peu près la seule industrie du pays ;
ce sont les femmes qui se livrent à cet ouvrage laborieux et long, pendant que les
hommes les regardent faire en fumant tranquillement leur pipe ; quant à la matière
première, c'est l'*Alfâ*, sorte d'herbe qui
plonge ses racines à de grandes profondeurs
dans les sables qui bordent le fleuve ; — des
Epis de Doura, sorte de sorgho blanc, dont
la farine un peu amère est la base de la nourriture en Nubie. Voici, au reste, en deux mots
comment on fabrique ce pain dont nous
avons nous-même fait usage pendant plusieurs semaines :

Le doura est broyé par les femmes (car
les femmes font tout en Nubie) entre deux
pierres. Inutile de dire qu'on se garde bien
d'ôter le son ou les grains non broyés qui
viennent craquer désagréablement sous la
dent. A l'heure du repas, on fait chauffer
une plaque de fer noire à peu près comme

le fond d'une cheminée, on *gâche* la farine
comme on fait le plâtre, et l'opérateur commence. Avec un linge, un chiffon, une loque
d'une saleté indéfinissable et imprégnée de
graisse, le Berbérin frotte la plaque. Quand
elle est bien graissée et bien chaude, il
prend plein le creux de sa main de farine
délayée et l'étend, toujours avec sa main,
sur la plaque ; bientôt il la retourne, et quand
cette galette, qui ressemble absolument à
une crêpe grossière, est à moitié cuite, on
la mange... pourvu qu'on y ait cœur ou
qu'on n'ait pas autre chose.

Là sont aussi des *Chasse-Mouches* de différents pays, meubles dont nous ignorons
l'usage, mais qui sont absolument nécessaire
dans les contrées chaudes du globe, dont la
mouche est assurément une des plaies, plus
ennuyeuse, plus gênante, plus redoutée cent
fois que les lions, les serpents et toutes les
bêtes féroces, et il est même telle légende
de l'Orient chrétien où il est absolument
spécifié qu'il n'y aura pas de mouches en
paradis. (BRUNET, *Evang. apocr.*)

(3) Le meuble suivant offre une collection d'échantillons géologiques rangés dans l'ordre même de superposition qu'affectent les différentes couches de l'écorce du globe. On peut y remarquer un morceau de *Charbon irisé* (terrains carbonifères) dont les reflets métalliques sont des plus brillants.

(5) Vient ensuite un certain nombre d'ustensiles de peuples étrangers, faible portion des objets semblables que possède le Musée de Rouen, mais qui sont relégués dans les greniers, faute de place. — Ce sont d'abord des *Masques chinois*, car les Chinois, qui ont tout trouvé, sont aussi les inventeurs du carnaval. On pourrait s'étonner qu'un peuple aussi sérieux n'ait pas méprisé cette joyeuse fantaisie. Qu'on se rassure cependant ; pour avoir un masque sur la figure, le Chinois n'en est pas moins l'homme le plus sérieux du monde. C'est avec les dents qu'on le tient, en sorte qu'on n'a plus ni la parole, ni l'intrigue, c'est-à-dire tout ce qui fait le charme du masque.

Signalons encore des *Marteaux* et un

Couteau de la Nouvelle-Hollande, ce dernier avec une lame faite de petites pierres tranchantes et retenues par une sorte de mastic; — des *Poignards malais*, armes terribles et dignes en tout des pirates qui les portent; — des *Tam-Tams* indiens ; — des *Casse-Têtes* de différentes îles de l'Océanie ; — des *Mocassins* et des *Chaussures* de toutes sortes, entre autres une paire de *Souliers en caoutchouc* des colonies, antérieure de vingt ans à l'usage qu'on en a fait depuis en France.

(**6**) Le noir *Coco des Maldives,* à la forme bizarre, est le fruit du monde qui renferme la graine la plus énorme, deux fois grosse à peu près comme la tête d'un homme, bien différent en cela des grands *Champignons* qui sont au-dessous et dont les graines, imperceptibles à l'œil, se répandent par millions dans l'air comme un léger nuage de vapeur.

Là sont aussi, au milieu de fruits divers, quelques-unes de ces *Croix* qu'on rencontre souvent en fendant du bois. Faites sur l'écorce, quand l'arbre était plus jeune, elles ont été enveloppées peu à peu par les couches d'aubier concentrique qui se forment chaque année. Souvent même grand a été l'étonnement des populations des campagnes en trouvant dans l'intérieur d'une bûche des amas de noisettes, cachette oubliée de quelqu'écureuil, et même une fois, une tête de mort avec deux os en sautoir, objets de la contemplation de quelque bon ermite qui leur avait creusé une niche dans un arbre, et que l'arbre, poussant toujours, avait fini par enfermer.

PETITE GALERIE [1].

Nous ne nous arrêterons que peu sur les objets que présente cette galerie, moins intéressants que ceux que nous venons de

[1] Ouverte aux étrangers et aux étudiants pendant la semaine seulement.

passer en revue, ou qui nous attendent à l'étage supérieur.

(**6**) Signalons d'abord deux *Chenilles* desséchées et portant sur leur dos une longue baguette de bois qu'on ne s'expliqua pas pendant bien longtemps. On finit pourtant par découvrir que cet ornement ou ce fardeau était un champignon qui ne pousse que là, et que la chenille porte partout avec elle, dressé sur son dos, jusqu'à ce que, épuisée comme un terrain qui a poussé sa moisson, elle se dessèche et meurt, tuant du même coup son parasite végétal.

(**9**) Plus loin on peut voir un petit *Serpent à lunettes*, avec un binocle aussi bien représenté sur son cou que s'il avait été peint par la main d'un artiste habile, et le *Serpent à sonnette*, avec les grelots sonores qui terminent sa queue, et ses dents redoutables d'où s'échappe le venin, bien visible dans sa gueule entr'ouverte.

(**14**) Voici là encore des restes des temps passés, mais plus intéressants que tous autres : ce ne sont plus des dents, des os, des carapaces solides, qui ont traversé les âges enfouis dans les profondeurs du sol, ce sont des plantes, des feuilles, des fleurs, tendres tissus que nous retrouvons avec toute leur délicatesse, toute leur fraîcheur, imprimés en caractères indélébiles sur la pierre et le roc. Si bien qu'on a pu classer toutes ces plantes en familles et en genres, comme les fleurs de nos prairies. Herbier complet et grandiose qui nous initie à la végétation, aux paysages des premiers temps, comme l'album et les collections d'un botaniste nous font connaître la campagne d'une île lointaine.

(**27**) Ces *Dents emboîtées* l'une dans l'autre viennent de la gueule d'un crocodile. Il semble que la nature ait été particulièrement généreuse pour les requins et pour les crocodiles, ces grands dévastateurs des mers et des fleuves. Chez le requin, quand une dent tombe, il y en a une autre toute poussée à côté, qui n'a que la peine de se dresser pour prendre la place de l'absente. (Voy. première galerie, **12**). — Chez l'autre monstre, chaque dent est creuse et en contient une petite de remplacement toute prête. La dent du dessus vient-elle à tomber, ce n'est que pour en démasquer une autre plus fine, plus aiguë, plus propre au carnage.

(**29**) Un peu plus loin, au milieu des crustacés, l'œil en distingue un, fort joliment blotti dans un caillou creux. C'est un voleur à qui sa vie d'anachorète a sans doute fait pardonner ses nombreux crimes, puisqu'on l'appelle du nom d'un saint, *Bernard l'ermite*. C'est sa coutume, à lui, de toujours vivre renfermé dans une demeure (une coquille le plus souvent), qu'il ne sait pas se construire, mais qu'il occupe en vainqueur, montrant les pinces à qui voudrait le faire déloger.

(**33**) Rappelons seulement qu'une de ces énormes araignées ou *Mygales* a été rencontrée se promenant pacifiquement sur les quais de Rouen, apportée par quelque navire qui ne soupçonnait guère avoir à bord semblable passager.

(**39-42**) Ces roches ont été rapportées

en grande partie d'Egypte par le Dr Pouchet. — Il y a des échantillons de ce fameux
limon, présent du Nil, de cette terre vraiment bénie où tout pousse sans effort, où
l'on fait trois récoltes par an.

En examinant d'autres fragments arrachés
aux pyramides, aux Sphinx, aux fameuses
statues de Memnon, aux principaux monuments de l'Egypte, on est frappé de leur
dureté. Nous, nous élevons bravement avec
la pierre tendre des monuments qu'il faudra
réparer dans cinquante ans, nous sommes
pressés d'achever. L'antiquité croyait plus
à l'éternité de la pensée et de la matière,
elle bâtissait lentement, mais c'était pour
toujours. C'est dans le marbre vif que la
Grèce a taillé ses monuments ; aux bords du
Nil, on ne voit que statues de porphyre,
bas-reliefs, hiéroglyphes creusés, découpés,
dans des granits plus durs que celui qu'on
dégrossit à grand'peine pour border nos
trottoirs.

(**44**) Nous arrivons enfin à une collection
d'éventails de toutes sortes rapportés de

tous les coins du globe, et offrant entre eux
le plus vif contraste. L'un, fait de vieilles
racines grossièrement assemblées, est un
éventail de Taïti et vient, dit-on, de la cour
de la reine Pomaré. L'autre a rafraîchi les
joues tièdes d'une princesse du Mogol ; celui-ci est en soie, en ivoire sculpté et en
plumes peintes à faire envie à la plus diffi-
cile des petites maîtresses, tant il est de bon
goût, riche avec élégance, et de belle exécution.

TROISIÈME GALERIE.

OISEAUX.

L'*Oiseau !* Quel souvenir de bonheur n'éveille pas ce mot qui sert de titre à un livre dont la lecture nous a tous charmés. Que dire après ces pages admirables où un grand historien, se faisant grand naturaliste, a peint des couleurs les plus vraies et les plus vives ce monde ailé dont l'étude est une suite d'enchantements. Qui songerait aujourd'hui à mettre le pied dans une collection d'oiseaux sans tourner à chaque pas un feuillet de ce livre sans égal, dont cha-

7

que page est une peinture, une morale, un
chef-d'œuvre. Nos lecteurs nous sauront
gré de citer souvent M. Michelet : répéter
les paroles d'un tel maître est encore une
œuvre méritoire, c'est propager de lumi-
neuses clartés, c'est travailler à rendre
l'homme meilleur.

(**1**) Passons les *Perroquets* à la robe enlu-
minée (1), mais dont l'histoire, peu intéressante, ressemblerait trop à un journal de
modes, puisqu'elle noterait de simples différences de plumage, et arrivons (**2**) à ces
Oiseaux de proie si intéressants, à ces pil-
lards insignes qui règnent en maîtres dans
les airs de par leur bec et leurs serres et le
droit du plus fort.

D'abord c'est l'*Aigle à tête blanche*, qui

---

(1) Les oiseaux qui ont, comme les perroquets, des étiquettes jaunes, habitent les pays
étrangers et ne viennent jamais même se reposer
aux frontières de notre continent.—Les étiquettes
vertes indiquent que l'oiseau habite l'Europe ou
au moins qu'on peut l'y rencontrer.

figure dans l'écusson national des Etats-Unis.
C'est un vrai brigand de grand chemin, celui-là ; toujours sur les bords de la mer, il
attend que l'*Aigle pêcheur*, qui est près de
lui, les ailes étendues, ait attrapé quelque .
poisson ; alors il arrive, engage la lutte où
sa force lui donne l'avantage, enlève le dîner
et va le savourer tranquillement pendant
que l'autre, morfondu, retourne pêcher à
jeun.

Le même penchant, la même soif de sang
a fait rapprocher des aigles ce grand oiseau
haut sur pattes et qui semble porter derrière
son cou des plumes noires, comme un bu-
reaucrate la plume fichée à l'oreille. Ce
sont les premiers colons des comptoirs hol-
landais au Cap qui firent ce rapprochement
et nommèrent l'oiseau *Secrétaire*. Lui, fait
sa spécialité des serpents ; il leur a déclaré
depuis le commencement du monde une
guerre immortelle. Voici, au reste, comment
un naturaliste éminent, M. Jules Verreaux,
décrit leurs combats, dont il a souvent été
spectateur au milieu de l'Afrique :

« La forme élégante et majestueuse du secrétaire devient, en ce moment surtout, plus gracieuse encore, car c'est là qu'il développe toute
sa ruse afin de surprendre le reptile qu'il veut
attaquer ; aussi n'approche-t-il qu'avec la circonspection que réclame la prudence. L'œil vif
et ardent, les plumes du col et du derrière de la
tête dressées en avant, annoncent le moment de
la lutte ; se ruant d'un bond sur l'animal, il le
frappe du pied avec tant de force, que souvent
il le terrasse du premier coup. S'il n'a pas réussi
et que le serpent rendu plus furieux se dresse
en gonflant sa gorge, comme font les espèces les
plus dangereuses, l'oiseau, forcé de reculer, fait
un bond en arrière en attendant qu'il puisse
saisir le moment opportun de recommencer. Cependant, le corps dressé sur sa queue, le reptile
fait mouvoir sa langue fourchue avec la rapidité
de l'éclair, et, poussant des sifflements aigus qui
retentissent au loin, il semble tenir en respect
son ennemi. L'oiseau, dont le courage redouble
en même temps que le danger augmente, entr'ouvre ses ailes, et, revenant à la charge sur le serpent, lui assène de nouveau de ces coups de pieds
terribles dont personne ne peut se faire une idée
et qui ne tardent pas à le mettre hors de combat.

« Cependant la lutte n'est pas toujours ter-

minée aussitôt, quelquefois la victoire est plus
longtemps indécise. Les deux adversaires restent
l'œil étincelant, observant chacun de leurs
mouvements ; le secrétaire se fait d'une de ses
ailes, qu'il ramène devant lui, une sorte de bouclier, et, rapide à sauter en arrière ou sur le
côté, il évite toujours la morsure de son antagoniste. Celui-ci s'élance en vain et retombe toujours à plat sur le sol. Puis, quand il est épuisé
de fatigue, l'oiseau revient et redouble ses coups
de massue qui broient le vaincu. Alors le secrétaire victorieux s'élance comme une flèche, et,
posant le pied sur le cou du serpent, juste derrière la tête, commence à l'avaler par la queue ;
puis, quand il arrive à la tête, il ne manque jamais d'en briser le crâne par plusieurs coups de
bec qui le mutilent complètement.

« L'œuvre de destruction achevée, son appétit
satisfait, l'oiseau reprend sa course lentement,
lourdement, jusqu'au lieu de son domicile, où
alors il reste des heures entières repu, la tête
rentrée dans les épaules. »

(7) Ce petit *Faucon* encapuchonné nous re-
porte par la pensée au moyen-âge, au temps
des preux paladins et des belles châtelaines
qui, le faucon au poing, couraient leurs fo-

rêts domaniales, chassant, avec le noblé ói-
seau, les lièvres et même les grues et les
chevreuils. L'animal, la tête couverte du
capuchon, et rendu ainsi aveugle, restait
immobile, hébété sur le gant de peau du
seigneur ou de la damoiselle. Quelque gibier
venait-il à passer, on décapuchonnait l'oiseau, on lui montrait la direction qu'il devait suivre, il s'élançait, et, du haut des
nuées, fondait sur sa proie qu'il mettait bientôt hors de combat en la tuant d'un coup
de bec si c'était un petit animal, en lui cre-
vant les yeux si c'était une plus grosse bête.
La victime était-elle une grue, une cigogne,
la lutte se passait au haut des airs et n'était
que plus émouvante, l'un des combattants,
plus fort, l'autre, plus brave, plus agile,
plus aguerri, tournant autour de son adver-
saire, le lassant, le harcelant jusqu'à ce
qu'il puisse se cramponner à lui, lui enfoncer
dans les chairs vives son bec crochu ét ses
serres recourbées, et le précipiter enfin du
haut des airs aux pieds de son maître.

(8) Nous arrivons aux *Vautours*, oiseaux

des charognes, âpres à la curée et qui se gonflent de chaires pourries. M. Michelet, avec ce talent admirable, avec cette portée de vue immense qui éclate à chaque ligne dans l'*Oiseau*, a fait la part vraie aux vautours, creusets vivants où la mort disparaît pour se changer en vie, chaînon admirable de l'éternité qui, par la mort, assure la durée de la vie à la surface de notre planète.

« Et (c'est M. Michelet qui parle) ils semblent ne pas ignorer l'importance de leurs fonctions. Approchez, ils ne fuient point. Quand leurs confrères les corbeaux, qui souvent marchent devant eux et leur désignent leur proie, les ont avertis, vous voyez (on ne sait d'où, comme du ciel) fondre la nuée des vautours. Solitaires de leur nature et sans communication, silencieux pour la plupart, ils se mettent une centaine au banquet ; rien ne les dérange. Nul débat entre eux, nulle attention au passant. Imperturbables, ils accomplissent leurs fonctions dans une âpre gravité : le tout décemment, proprement ; le cadavre disparaît, la peau reste. En un moment, une effrayante masse de fermentation putride,

dont on n'osait plus approcher, a disparu, est
rentrée au courant pur et salubre de la vie uni-
verselle. »

Rien de plus exact que ce tableau. Nous-
même avons pu vérifier chaque point. A
Dongolah, en Nubie, c'était à peine si nous
voyions de temps à autre un de ces oiseaux
d'un blanc sale qu'on nomme *Catharte* se
percher sur les palmiers lointains et fuir à
notre approche. Un chien fut tué dans les
environs ; deux jours après, au matin, le
paysage offrait une animation toute nouvelle. Autour de nous, sur chaque palmier,
sur chaque maison, des cathartes, toutes
tranquilles, semblaient attendre leur tour
pendant que d'autres dépeçaient la charogne.
Nous approchons, elles ne se sauvent pas,
on les aurait presque assommées à coups de
bâton. A peine à dix pas, le festin recom-
mençait de plus belle. Nous en tuâmes tant
que nous voulûmes.

Cet ordre admirable, cette tranquilité, ce
silence à table nous frappa encore plus un
autre jour. Nous remontions le Nil, un ca-

davre était échoué sur un bas-fond, un coin
sortait de l'eau, juste autant de place qu'il
en fallait à un énorme vautour qui se soutenant, moitié de ses ailes, sur cet appui fra-
gile, faisait un repas de roi. A côté, un
autre vautour de même taille et trois cathartes le regardaient faire, tous quatre im-
mobiles. Mais, quel ne fut pas notre étonnement quand nous vîmes le mangeur céder
sa place à son collègue après quelques bouchées et attendre sur le rivage que ce fût
de nouveau son tour. Ce manége se continua quelque temps, les cathartes regardant
toujours ; elles attendaient sans doute que
le gigantesque appétit de leur deux compagnons fût un peu apaisé. Par malheur, la brise
était bonne, nous ne pûmes voir le dénoûment
de cette scène de famille.

Ne quittons pas ces oiseaux *ignobles*,
comme on les appelait autrefois, et qui se
nourrissent de proie infecte, sans citer le
plus grand, le plus puissant d'entre eux, le
Condor, le vautour des Andes, l'oiseau qui
élève le plus haut son vol dans les airs par-

dessus les pics neigeux des montagnes du Nonveau-Monde.

(9) Quelles respectables figures que celles qui s'offrent maintenant à nous. Oiseau de sagesse chez les anciens, on se demande comment la chouette et le hibou ont pu devenir chez les modernes emblême de mort et de malheur. Il n'en est cependant pas partout ainsi, et il y a quelques années, toute la population d'une ville américaine était en joie parce que trois *Chouettes Harfang* étaient venues percher en plein jour sur la maison de ville. C'est bon signe de l'autre côté de l'Adriatique.

(10) Un mot aussi de cette petite *Chouette* exotique qui marche en tête. A quel travail se livre-t-elle donc pour avoir le duvet de ses pattes ainsi usé? C'est un animal bizarre en ses goûts: il aime la retraite, la solitude. Un terrier, voilà l'objet de son ambition, voilà ce qui le pousse jusqu'à l'indélicatesse. Trop maladroit pour en creuser un lui-même, il vole quelqu'écureuil du voisinage et s'établit dans son trou, qu'il perfectionne ensuite

à son gré, creusant des galeries, en élargissant d'autres, travaillant ferme, comme le
prouvent ces nobles marques du travail qu'il
porte sur ses petites jambes.

(**11**) Le regard s'arrête de lui-même sur
ce magnifique oiseau d'un beau vert et
dont la queue pend en longues plumes brillantes : c'est le *Couroucóu pavonin*, ou plutôt l'ombre de l'animal lui-même. Prenons
garde, ceci n'est pas même une peau d'oiseau bourrée de coton ou de foin, ce n'est
qu'un semblant de peau, l'ombre d'une
ombre. Quelques oiseaux ont la peau d'une
texture si fine et si délicate, qu'il est absolument impossible de les dépouiller ; elle
se déchire sous les doigts les plus habiles
comme le fin tissage d'une araignée. Il a
fallu recourir à d'autres moyens pour
faire jouir nos yeux de ce plumage incomparable. On arrache, on retire plutôt,
au cadavre toutes ses plumes, on lui coupe
la tête et les pattes, on serre le tout précieusement et on le remet à d'habiles artisans qui, plume à plume, reconstruisent

l'animal tout entier avec la plus scrupu-
leuse exactitude.

(**12**) Passant les *Toucans* et les *Calaos*,
au bec énorme et disproportionné, nous
arrivons (**13**) aux *Paradis*, les rois par la
beauté, les oiseaux merveilleux par excellence, héritiers des traditions du Phénix, et
que nos pères retrouvèrent comme un reflet
des splendeurs de l'Eden. Les sauvages des
pays qu'ils habitent firent longtemps croire
aux marchands européens que le paradis
n'avait ni ailes ni pattes et qu'il voltigeait
soutenu dans les airs par ces faisceaux de
plumes effilées qui naissent de ses flancs.
— L'oiseau y gagnait en merveilleux et
l'Européen crédule le payait plus cher. —
Tout le monde crut donc l'oiseau de paradis
sans pattes ni ailes, et comme il faut bien
manger, même quand on n'a ni pattes ni
ailes, on imagina qu'il se nourrissait de
l'air du temps et de la rosée du soleil. Le
plus curieux, c'est qu'on se moqua d'un
compagnon de Magellan, Pigafetta, qui avait
eu l'outrecuidance de croire aux pattes du

paradis et l'audace de vouloir mystifier le
monde entier en rapportant un animal muni
de ses quatre membres !

Aujourd'hui même les paradis arrivent
aux collections dans un état déplorable, les
sauvages continuent de leur arracher les
pattes pour la plus grande édification des
amateurs de merveilleux, puis ils leur al-
longent le cou tant que faire se peut, en
sorte qu'on a toutes les peines du monde à
leur redonner ici forme d'oiseau ; quant aux
pattes, on en met d'autres. Cependant un
des deux *Paradis petit émeraude*, que possède le Musée de Rouen, est entier, et sa
peau, d'une grande fraîcheur, n'a pas subi la
torture habituelle ; il a été tué dans le pays
même par un savant illustre nommé Lesson.

Le *Ptilonorhynque soyeux* et le *Chlamy-
dère tacheté*, qui sont au-dessus des paradis,
viennent de la Nouvelle-Hollande. L'un a le
plumage noir avec des reflets métalliques ;
l'autre, de couleur assez commune, est relevé
cependant par un diadême de petites plumes
roses qu'il porte élégamment derrière la tête.

Ces deux oiseaux bâtissent, comme tous les autres, des nids où ils pondent et couvent leurs œufs. Mais, en outre, ils savent se construire des sortes de promenades, où ils prennent gaîment leurs ébats et jouent du matin au soir. Ces curieux *promenoirs*, longs quelquefois d'un mètre, sont resserrés comme une étroite galerie. Les parois, qui peuvent avoir deux décimètres de haut, sont construites en dehors de petites baguettes admirablement tressées, disposées de telle sorte qu'elles se rejoignent et se touchent presque par le sommet. Au reste, l'oiseau déploie, dans ce lieu de plaisir et de jouissance, un luxe de décoration tout particulier : il plante des plumes à droite, à gauche ; un élégant petit pavage de pierres noires remplit souvent le plancher de la galerie, maintenant les herbes et débordant même à chaque extrémité pour se replier des deux côtés du berceau. A ces extrémités aussi, l'oiseau entasse des os et des têtes blanchies sur l'herbe des campagnes, des coquilles brillantes, et tout cela seulement par amour de l'art, car ces intéressants animaux se nourrissent exclusivement de fruits.

(**14-16**) Tout ce petit monde qui peuple les trois armoires suivantes est loin de manquer d'intérêt, et cependant nous devons passer rapidement. Il semble même plutôt que la Nature, en leur ôtant la force, leur ait donné l'esprit, la force morale. Presque chacun de ces petits êtres a une histoire, histoire intéressante s'il en fût, car elle est celle d'un opprimé, celle d'une lutte contre plus fort que soi. C'est ici (**16**), entre autres, qu'on pourra trouver le *Moineau* ou *Tisserin républicain*, dont nous avons raconté plus haut les curieuses associations (voy. p. 7).

(**17**) Ne croirait-on pas que la *Colombi-galline poignardée* a en effet reçu un coup meurtrier au milieu de la poitrine ? Par une singulière bizarrerie du coloris de ses plumes, sa robe paraît souillée d'une large tache de sang, et ce n'est pas là une de ces ressemblances cherchées, comme les naturalistes se sont appliqués trop souvent à en trouver, c'est une image frappante, c'est presqu'une réalité, tout le monde s'y tromperait.

De tous les membres de cette famille, le plus intéressant est la *Colombe voyageuse*, au ventre roux, au cou brillant. — On la voit quelquefois arriver par millions et millions dans certains districts de l'Amérique du Nord, au sud de la baie d'Hudson. Elle vient pour couver. On voit alors des troupes innombrables traverser les airs à tire d'aile, et il faut plusieurs heures pour un semblable défilé. Quand elles s'abattent dans une forêt, celle-ci semble pousser un gémissement formidable, les branches craquent de tous côtés, les vieux troncs, succombant sous le poids, tombent lourdement à terre. En quelques jours tout est dévasté, ravagé, et il faudra plusieurs années pour que la forêt ressuscite de sa ruine, pour réparer cette œuvre de destruction du plus paisible des animaux. — C'est alors aussi qu'on chasse ces timides oiseaux. Toute la population des environs arrive avec des voitures, des chevaux et des sacs. — La poudre est inutile, un bâton suffit; on les tue par milliers, et toute la province en mange jusqu'à ce que dégoût s'ensuive.

Le *Dindon*, aux belles couleurs cuivrées, qui se panade fièrement au-dessous des colombes, est l'ancêtre de notre dindon domestique, plus noir et plus petit. Celui-là vit encore en liberté sur les rives du Mississipi, où les chasseurs en font un grand ravage.

Le dindon appartient à la famille des gallinacés, dont presque tous les individus ont une chair succulente, et qui peuple surtout nos basses-cours. Voilà, (**18**) avec le *Paon*, les deux ancêtres de toutes nos races de coqs et de poules; ce sont les *Coqs de Banquiva* et de *Sonnerat*.

(**19**) Les différentes espèces de *Faisan* ne le cèdent en rien en beauté, en qualité, au coq. Ils viennent aussi de cet Orient, pays de lumière et de soleil, où la Nature, comme les hommes, aime à revêtir les teintes les plus chaudes et les plus éclatantes. — Que dire de ce *Lophophore*, aux plumes

chatoyantes, aux teintes métalliques ? C'est
un colibri géant, une opale vivante. —
L'*Argus* et la *Lyre,* qui l'entourent, sont
peut-être moins brillants, et cependant l'un
porte des milliers d'yeux peints sur ses
plumes resplendissantes, l'autre dresse sa
queue qui rappelle, par l'élégance de ses
contours et sa disposition générale, l'antique
instrument des chantres d'Hellénie.

(**20**) Après les *Coqs de bruyère,* les *Té-
tras* dont le plumage change de couleur
presqu'avec les quatre saisons de l'année,
blancs en hiver, fauves en été, après les *Per-
drix,* dont une véritablement gigantesque,
(**21**) nous trouvons toute une race d'oiseaux
sans ailes, — pauvres déshérités pour qui
le monde est plus petit de moitié, puisque
l'air ne leur ouvre pas ses plaines immenses.
Le *Casoar*, le *Nandou* sont, avec l'*Autruche* (**22**), les principaux représentants de
ce groupe, — l'autruche, que l'Arabe chasse
avec tant d'ardeur pour lui arracher sous la
queue ces plumes légères qui parent la tête
de nos dames.

L'*Aptérix* est un oiseau de la même famille, aux formes bizarres, à l'aspect
curieux et même grotesque, avec son long,
bec, son air niais et sa livrée, sorte de duvet
grossier qui tient le milieu entre les poils
et les plumes. On en apporta il y a quelques
années deux vivants à Londres, qui excitèrent au plus haut point la curiosité, surtout pendant leur sommeil : ils se servaient
alors de leur bec comme d'un troisième pied
pour se soutenir debout.

A côté de l'aptérix sont deux oiseaux qui
méritent aussi de nous arrêter un instant,
non par une apparence particulière (ils ressemblent à tous les oiseaux), mais par leurs
mœurs étranges ; c'est le *Télégalle de
Latham* et le *Mégapode tumulaire*, tous
deux habitants de la Nouvelle-Hollande ou
des îles environnantes. Le télégalle rassem-
ble un tas immense de matières végétales
mortes, pour y déposer ses œufs, et paraît
même compter sur la chaleur engendrée
par la décomposition de toutes ces matières
pour développer les germes. Ces buttes,

dont la dimension varie entre deux et quatre charretées, ne sont pas l'ouvrage d'un
seul couple, mais de plusieurs réunis ; ils se
mettent à l'ouvrage quelques semaines avant
le moment de la ponte, et il est probable
qu'une même butte sert à plusieurs générations et qu'elle est seulement restaurée et
agrandie d'année en année. Ce n'est pas
avec son bec que le télégalle amasse
cette quantité de matériaux, c'est avec sa
patte ; il en emplit une et apporte, en sau-
tant sur l'autre, son fardeau au centre commun. Tout à l'entour, il dépouille si bien
le terrain qu'on n'y trouve plus une brous-
saille, un brin d'herbe. Quand ce grand
travail est achevé, l'oiseau n'y dépose pas
non plus ses œufs l'un contre l'autre, comme
c'est l'ordinaire, mais espacés de neuf ou
dix pouces, à une brasse de profondeur et
dressés sur leur bout. Puis le tout est re-
couvert jusqu'au temps de l'éclosion. —
Celui-ci venu, la femelle, qui ne s'est jamais
beaucoup écartée, va de temps à autre découvrir les œufs comme pour aider aux petits

qui viendraient à éclore et qui courraient grands risques d'être étouffés là sans cette précaution.

Le nid du *Mégapode tumulaire* est aussi un tertre, mais encore plus considérable, comme on peut en juger par cette narration empruntée à un voyageur récent :

« Sur une petite île qui n'a pas plus d'un demi-mille en longueur et qui offre, à une de ses extrémités, une colline peu élevée et couverte de broussailles, nous trouvâmes trois monticules dont un, suivant toutes les apparences, avait été abandonné avant son entier achèvement. Le plus récent des deux autres, à en juger par ses parois unies et l'absence de végétaux, était situé sur la crête de la colline et mesurait 8 pieds de haut (ou 13 pieds 1/2 des bords au sommet), et 77 pieds de circonférence. Après avoir pioché plusieurs heures dans une masse compacte de terre, de pierres, de branches mortes, de feuilles et d'autres débris de végétaux, nous trouvâmes de nombreux fragments d'œufs, entre autres un cassé qui contenait un poussin en pourriture et un autre entier, mais qui était clair. Tous étaient enfouis à une profondeur de 6 pieds du point de la surface le plus voisin, et à cette profondeur la chaleur produite par la fermentation de toute cette masse était considérable. Un autre monticule, situé aux pieds de la colline auprès du rivage, ne mesurait pas moins de 150 pieds de circonférence, et, pour former cette accumulation immense de matériaux, le terrain d'alentour avait été entièrement gratté et dépouillé, et on y avait fait de nombreuses et étroites excavations pour en tirer des matériaux. Sa forme était un ovale irrégulier, le sommet aplati, n'occupant pas le centre comme dans le premier cas, mais rejeté plus près de l'extrémité élargie. Il était élevé de 14 pieds au-dessus du sol, et la pente mesurait, dans différentes directions, 18, 21 1/2 et 24 pieds.   (GOULD, *Austral. Birds*.)

(**23**) Au-dessus des *Outardes*, la plus belle plume qu'il nous soit donné de chasser dans nos contrées, apparaît un oiseau haut sur pattes (car nous entrons dans l'ordre des échassiers) et d'un noir brillant, c'est l'*Agami*. On l'emploie dans certains pays à mener aux champs des troupeaux de volailles, et il s'acquitte aussi bien de cette mission de confiance que le chien de berger le plus fidèle et le mieux dressé.

(**24**) Voici la *Cigogne* voyageuse, qu'on voit se promener tranquille et sans crainte dans les rues de l'Allemagne, tant elle sait bien qu'elle est là sous la protection de tous. L'hiver, elle quitte son nid et va chercher aux Indes ou en Afrique un climat plus doux. C'est là qu'elle rencontre sa sœur, la *Demoiselle de Numidie*, dont la démarche gracieuse se dessine en élégante silhouette sur l'horizon du désert, mais que le voyageur perdrait sa peine à suivre, tant l'oiseau est bien sur ses gardes.

(**25**) La Nature semble parfois se jouer et passer en riant d'un extrême à l'autre. Nous quittons la grâce, voici le grotesque, le hideux *Marabout*, le crétin des oiseaux avec son goître énorme, le vieillard ridicule de la gent ailée, avec son crâne chauve qui demande perruque.

(**27**) La *Spatule* n'est pas moins étrange avec son bec plat qui va s'élargissant par le bout. Quant au *Flamand*, c'est une sorte de

problême ailé, rouge comme la flamme,
haut perché, au bec courbé en deux, comme
cassé, aux jambes de cigogne et aux pattes
de canard. On devinerait presque, à le voir,
des mœurs spéciales ; un animal ainsi fait
ne pouvait pas vivre comme tout le monde.
— Descend-il à terre, c'est en tournant,
tournant toujours qu'il arrive où il veut
aller. Son nid, c'est bien une autre origina-
lité ; cela le gênerait sans doute de ployer
d'aussi longues pattes ; il a inventé autre
chose : il monte son nid sur une espèce de
colonne aussi haute que ses jambes : puis,
une de ci, une de là, il couve sans plus de
gêne et tout debout.

(**28**) Voici l'*Ibis*, dont nous avons déjà
vu les dépouilles et les momies, avec les
vases qui les contiennent (voy. PREMIÈRE
GALERIE, **15**). Il n'y a que fort peu de temps
que les ibis ont été rapportés en Europe.
L'animal sacré des Egyptiens n'y était connu
que par leurs peintures. Quoiqu'on eût élevé
en abondance des ibis à Rome, où ils vivaient à l'abri des autels d'Isis, ils avaient

été plus tard perdus de vue. On confondit
l'ibis avec d'autres oiseaux : le tantale, la
grue, la cigogne ; il eut même particulièrement à se plaindre de celle-ci. Jusqu'à la
Révolution, qui abolit la respectable corporation des apothicaires, la cigogne usurpa
la place de l'ibis au-dessus de leurs ensei-
gnes, place méritée s'il en fût, car le
saint oiseau passait pour avoir enseigné
au monde ce remède haï des Anglais et
dont le malade imaginaire appréciait si bien
l'influence.

« L'usage desdits clystères, dit Ambroise
Paré, a esté inuenté des cicoignes, lesquelles, de
leur propre mouuement naturel, jettent de l'eau
de la mer (qui pour sa salsitude a vertu d'irriter
et euacuer) en leur siége pour s'asseller, ainsi
que récite Galien en son introductoire de médi-
cine. »

C'est de l'ibis qu'avait parlé Galien :

... *tulit alter honores !*

On conçoit que les premières momies
rapportées d'Egypte ne firent qu'embrouiller

la question ; difficultés inattendues : le bec
était trop long, les pattes trop courtes ; bref,
il était facile aux savants de voir qu'ils s'é-
taient trompés. Mais quand ces messieurs
tiennent une idée, ils ne la laissent pas si
facilement aller : on ferma les yeux, on se
boucha les oreilles, et ainsi préparés, la
discussion commença. On parla beaucoup,
on écrivit encore plus, et l'évidence ne fut
démontrée qu'assez tard. L'ibis était décidément un volatile inconnu, tout l'indiquait,
et les restes de ceux qui avaient vécu, et
leur image trouvée sur les monuments.

 Enfin, Bruce et d'autres voyageurs en
rapportèrent, et l'on put voir en chair et en
os cet oiseau mystérieux, qui ne voulait pas
renaître de ses cendres. Quant au signale-
ment, il était exact : c'était bien le même
bec, les mêmes pattes, les mêmes plumes
qu'on retrouvait dans les momies. Le doute
n'était plus possible.

(**30**) Passons en revue ce vaillant batail-
lon de petits animaux que le ciel créa fiers
et braves avec un bec effilé et pointu comme

la plus fine lame ; ce sont les *Combattants*, vraiment dignes de leur nom. On les voit les plumes du cou hérissées et couvrant leur poitrail comme d'un bouclier, s'élancer bravement au combat qui souvent est mortel à l'un d'eux. Une seule chose manque à ce joli petit corps d'élite, c'est l'uniforme. Il n'y en a pas deux dont la robe se ressemble.

Laissons ces vaillants soldats rêver d'exploits nouveaux et arrivons (**31**) aux oiseaux nageurs, aux pieds palmés et qui jouissent à la fois des trois éléments : volant dans les airs, courant sur les rivages, nageant sur les eaux. — Le premier que nous rencontrons nous offre déjà une curieuse particularité dans son bec composé de deux lames qui en font une véritable paire de ciseaux. On ne pouvait mieux l'appeler que *Bec-en-ciseaux*.

(**33**) L'*Albatros* est le plus gros de sa tribu, c'est le plus énorme corps que des ailes transportent à travers les airs. Après lui, (**34**) vient le *Pélican* « qui se perce le flanc pour nourrir ses enfants, » comme disaient nos pères, amis du merveilleux. La vérité est que l'oiseau, revenant au nid, met force poisson dans la poche qui lui tient lieu de menton et le dégorge devant ses petits. Dans cette opération intime, il lui tombe parfois du sang sur le poitrail, et voilà qu'on érige en vertu, en dévoûment sublime un peu de malpropreté !

(**35**) Comment vanter la blancheur éclatante du *Cygne*, maintenant que nous en avons un là, devant les yeux, d'un si beau noir ? — Quant au *Cormoran* à l'air bête, on s'en sert en Chine pour pêcher, comme en d'autres pays du faucon pour chasser. Seulement, il a été nécessaire d'aider à l'éducation de l'animal, en lui mettant au cou un anneau de fer qui l'empêche d'avaler sa proie sous l'eau, au détriment du chasseur qui n'y verrait qu'eau trouble.

« Voici l'oiseau qui n'est plus qu'ailes, » dit M. Michelet en parlant de la *Frégate*, et rien n'est plus vrai. Pour soutenir ces ailes immenses, longues autant que celles d'un aigle, à peine son corps est-il gros comme un petit faucon. De pattes, point, ou presque point,

si courtes qu'elles ne peuvent élever assez
l'animal pour lui permettre de prendre son
vol. « Surprise sur un sable plat, sur les
bancs, les bas écueils où elle s'arrête souvent, la frégate est sans défense; elle a beau
menacer, frapper, elle est assommée à coups
de bâton. »

(**36**) Parmi les oies et les canards, la
Bernache, à peu près seule, mérite d'être
citée. Dans les Hébrides régnait autrefois
cette croyance que la jeune bernache naît
des fruits d'un arbre. Cet arbre croît au
bord des eaux. Tous les petits qui tombent
au courant de l'onde s'en vont en nageant;
les autres se cassent infailliblement le cou
sur le sol. — Au reste, ces préjugés du bon
vieux temps ne doivent pas trop nous surprendre. De nos jours, il en règne de tout
aussi extraordinaires au milieu de nous, et
nous n'avons à peu près rien à envier à nos
ancêtres en fait de crédulité. Les marins de
nos côtes sont tous intimement persuadés
que la *Macreuse* (**37**) naît d'une petite coquille nommée par les savants *anatife*, et si,

comme nous, un jour, vous faites quelques signes d'incrédulité, ils offriront de vous montrer l'oiseau encore dans la coquille (1)!

L'*Eider*, qui donne l'édredon, est aussi une variété de canards; le mâle est blanc et noir, la femelle est grise; au moment des amours, elle s'arrache sous le ventre son fin duvet, pour en faire un lit moelleux à ses œufs au fond de son terrier. C'est là qu'à leur tour les chasseurs vont le chercher, tout en prenant bien garde de tuer la femelle, qui se plume encore pour refaire un nid et prépare ainsi une nouvelle récolte.

Plus nous avançons, plus les oiseaux sont aquatiques, moins ils volent; cette aile, qui fait l'oiseau si puissant, si noble, disparaît peu à peu. Déjà, dans le *Plongeon* (**39**), elle n'est plus suffisante à élever de terre l'oiseau qui la déploie en vain. Faisons encore un pas, nous arrivons aux *Manchots* et

---

(1) On peut voir des anatifes, PREMIÈRE GALE-RIE, (**19**).

aux *Sphénisques* (**40**); l'aile n'est plus même une aile, c'est une nageoire, et elle ne sert plus qu'à soutenir l'oiseau sur les vagues.

« L'attitude de ces êtres nouveaux fut pour nos navigateurs une cause de plaisantes méprises. Ceux qui, de loin, virent d'abord des îles couvertes de manchots, à leur tenue verticale, à leur robe blanche et noire, crurent voir des bandes nombreuses d'enfants en tabliers blancs. La raideur de leurs petits bras (à peine peut-on dire des ailes pour ces oiseaux commencés), leur mauvaise grâce sur terre, leur difficulté à marcher, les adjugent à l'Océan, où ils nagent à merveille, et qui est leur élément naturel et légitime; on dirait volontiers qu'ils en sont les premiers fils émancipés, des poissons ambitieux, candidats au rôle d'oiseaux, qui déjà étaient parvenus à transformer leurs nageoires en ailerons écailleux. La métamorphose ne fut pas couronnée d'un plein succès : oiseaux impuissants, maladroits, ils restent poissons habiles. » (MICHELET, l'*Oiseau*.)

NIDS.

(**41**) La collection de nids du Muséum de Rouen est peut-être unique, et chaque jour, grâce aux soins de quelques personnes zélées, elle tend à s'augmenter encore (1).

« Rappelons-nous d'abord que cet objet char-mant, plus délicat qu'on ne peut dire, doit tout à l'art, à l'adresse, au calcul. . . . . . L'outil, réellement, c'est le corps de l'oiseau lui-même. Sa poitrine, dont il presse et serre les maté-riaux jusqu'à les rendre absolument dociles, les mêle, les assujettit à l'œuvre générale. Et au dedans, l'instrument qui imprime au nid la forme circulaire n'est encore autre que le corps de l'oiseau. C'est en se tournant constamment et refoulant le mur de tous côtés, qu'il arrive à former ce cercle. Donc, la maison, c'est la per-sonne même, sa forme et son effort le plus im-médiat ; je dirai sa souffrance. Le résultat n'est obtenu que par une pression constamment répé-tée de la poitrine. Pas un de ces brins d'herbe qui, pour prendre et garder la courbe, n'ait été

(1) Nous ne pouvons omettre de citer ici le nom de M. Noury, un intrépide chasseur de nos environs, et qui, plus que personne, a con-tribué à enrichir la collection de la Ville de nids rares ou curieux.

mille et mille fois poussé du sein, du cœur, certainement avec trouble de la respiration, avec palpitation peut-être. » (MICHELET, l'*Oiseau*).

On ne pouvait mieux rendre raison de l'intérêt tout particulier et très-réel qu'une collection semblable à celle que nous avons devant les yeux excite dans le public. Un nid est donc plus qu'une habitation, une demeure ordinaire, c'est l'empreinte d'un être vivant, c'est presque l'oiseau lui-même.

Des oiseaux, les uns sont maçons, les autres tisserands, ceux-ci charpentiers habiles, ceux-là élégants feutreurs.

Le maçon par excellence, plus maçon même que l'hirondelle, c'est le *Fournier*. Comme Philomèle, il bâtit son nid avec la terre gâchée, seulement il le place dans les arbres. Que de voyages il a dû faire pour apporter tant de boue dans son bec ! Son château, car c'est bien un château fort, est clos de toutes parts et toujours l'ouverture, en plein ceintre, reproduit la même forme, toujours c'est une voûte parfaitement dessinée, comme l'entrée d'un four. De là même le nom de l'oiseau.

Au premier rang, parmi les feutreurs, se place peut-être la *Mésange Rémiz*, dont le nid, en forme de cornue, est d'un tissu si serré, si enchevêtré, qu'il défie la pluie. Quel contraste avec le nid si négligé de la *Tourterelle!* Toute à ses amours, l'amante semble oublier qu'elle deviendra mère.

Que dire de cette petite coupe, de cet élégant coquetier que le *Cyanotis* fixe comme par enchantement aux flancs grêles d'un tendre roseau? Quelle place charmante, quelle douce sensation pour la jeune couvée, bercée avec la mère au souffle des zéphirs!

Les nids de *Salangane*, dont le Musée possède de fort beaux échantillons, méritent de nous arrêter davantage. C'est ce fameux nid d'hirondelle que mangent les Chinois en potage, et, vraiment, on ne peut pas dire que l'aspect en soit trop repoussant; il ressemble presqu'à de la gélatine. — On s'est longtemps appliqué à rechercher avec quels

éléments les salanganes construisent leurs
nids singuliers, et ce n'est même que depuis
peu d'années que nous possédons à cet
égard des documents positifs. Les uns ont
prétendu que c'était avec les sucs de leur
estomac revomis et condensés ; d'autres
avaient dit que c'était avec des débris d'animaux marins. On avait encore avancé que
c'est avec le frai de poisson qui couvre
la mer dans certaines saisons. Mais on
découvrit, il y a peu de temps, que ces
nids n'étaient autre chose que des fucus, et
cette opinion fut bientôt mise hors de doute.
Et même les Japonais et les Chinois, qui
connaissent ce fait depuis quelque temps,
préparent actuellement à peu de frais, avec
ces plantes marines, d'excellents mets qui
remplacent les nids.

La seule objection qu'on pourrait élever
devant un potage aux nids, c'est que la
matière qui le compose a séjourné un certain temps dans l'estomac de l'oiseau. Là,
le fucus se ramollit, et c'est quand il est à
l'état de bouillie que la salangane le vomit

et l'emploie à sa petite construction. — Si la recherche des nids est lucrative, elle n'est pas non plus sans danger ; les oiseaux les accrochent aux parois ou à la voûte de cavernes qui sont au bord de la mer. Les Chinois qui vont les chercher se munissent de cordes, d'échelles de bambou, ils s'aident des pieds et des mains pour arriver, et parfois ils paient de la vie un pied mal assuré, un saut hasardeux. Jamais ils ne se mettent à l'œuvre sans remplir certaines pratiques religieuses.

Le potage aux nids d'hirondelle n'est plus même un mythe pour nous, occidentaux ; il a fait, depuis un an ou deux, son entrée solennelle sur nos tables. — Il figurait, il y a quelques mois à peine, sur un menu qui doit faire autorité, c'est celui du dîner où l'aimable écrivain Ch. Monselet inaugurait son nouveau journal, le *Gourmet*.

Il y a encore, dans cette corporation d'admirables travailleurs, les oiseaux vanniers. La *Poule d'eau* en est un. Avec des bouts de feuilles de typha ou de roseau, elle tresse une corbeille qu'elle abrite dans les hautes herbes au bord des étangs. L'eau en baigne le pied, et, les roseaux pliant au-dessus leurs têtes inclinées, entretiennent autour du nid de l'oiseau aquatique une délicieuse fraîcheur.

Le nid de la poule d'eau n'est assis que sur la vase ; le *Grèbe Castagneux*, plus hardi, bâtit sur les ondes mouvantes, sans base, sans pilotis ; ce n'est plus un architecte, c'est presqu'un nautonnier. A ses œufs, il construit un radeau, qui nage à l'aventure ; c'est à un frêle esquif d'herbes flottantes que la mère confie son doux fardeau. Elle-même l'étreignant sous elle, et les pattes pendantes de chaque côté dans l'eau, le pousse où elle veut aller, portant avec elle sa famille, sa demeure, le berceau de ses enfants. La fable de Latone sur l'île de Délos s'est faite réalité.

(42) C'est un singulier oiseau que celui que nous trouvons ici, avec son petit corps velu et ses quatre pattes, prêt à entrer dans un nid qui n'est pas le sien. Le *Lerot*, tel

est le nom du pillard, trouve beaucoup plus commode, au lieu d'aller déposer sa couvée dans quelque trou humide et froid, d'une muraille, de voler un bon petit berceau, bien abrité, bien chaud. Il s'y installe pendant que la pauvre femelle est à chercher pitance, il croque les œufs, jette les coques à bas et montre les dents quand le légitime possesseur vient redemander son bien.

Un autre nid curieux est celui du *Loriot*. Toujours il s'offre de même, à la bifurcation de quelque branche, et toujours il y est cousu avec des brins de fil ou de ficelle. Et cette habitude est si constante, qu'on se demande presque comment faisait le loriot avant qu'Ève filât.

(**43**) Ce qui attire tout d'abord les regards ici, c'est une série de quatre œufs décroissant en taille.

Le troisième est un œuf de poule que chacun reconnaît, le second est celui d'une autruche et qu'on regarde d'ordinaire comme le plus gros qui se puisse voir. Le quatrième est si petit qu'il ne peut appartenir qu'à un oiseau mouche ; mais le premier, cet œuf énorme, de qui est-il ? d'où vient-il ?

La découverte en fut faite en 1850, par M. Abadie. Durant une relâche à Madacascar, ce voyageur aperçut un jour entre les mains d'un Malgache un œuf gigantesque que les naturels avaient perforé à l'une de ses extrémités et qu'ils employaient à divers usages domestiques. Les renseignements pris par M. Abadie auprès des indigènes amenèrent, bientôt après, la découverte d'un second œuf, d'un volume presque égal et parfaitement entier dans le lit d'un torrent, parmi les débris d'un éboulement qui s'était fait peu de temps avant.

On a depuis trouvé un certain nombre d'œufs pareils, et leur prix, qui était exorbitant dans le principe (plusieurs milliers de francs), a beaucoup diminué.

D'après de savantes considérations sur ces œufs, et sur quelques débris d'os trouvés avec eux (1) ; et qui ont appartenu à

_____

(1) Le Muséum en possède les moules. Voy. PREMIÈRE GALERIE (**7**).

l'*Epyornis*, car c'est ainsi qu'on nomme
l'oiseau qui les a pondus, on est arrivé à
calculer que celui-ci devait être six fois
plus gros que l'autruche, mais beaucoup
plus bas sur pattes en proportion. Sa taille
ne devait pas dépasser trois mètres et demi.

On s'est rappelé, en présence de ce
monstre de la gent ailée, le *Roc*, l'oiseau
gigantesque des contes arabes, et il n'est
pas impossible qu'il y ait eu à l'origine quelque rapport entre l'oiseau du Madagascar
et son fabuleux rival. — Si l'Epyornis
n'existe plus dans le centre de l'île, ce qui
est loin d'être prouvé, il est au moins certain que sa disparition ne remonte pas à
bien des siècles et que sa mémoire vit encore dans l'esprit des populations malgaches.

Voici les dimensions exactes du moule
que possède le Muséum :

Grand diamètre.   0,32
Petit diamètre   0,23
Epaisseur de la coquille.   0,003
Volume. . . . .   8 litres 3/4

Pour remplir un œuf semblable, il faudrait le contenu de :

6 œufs   d'autruche.
148 —   de poule.
50000 —   d'oiseau mouche.

Revenons aux nids : les *Troupiales* suspendent aux branches des arbres de grands nids en forme de pouche. — On croit voir de loin autant de fruits gigantesques balancés par le vent. — Si tous les troupiales, qui sont pourtant de petits oiseaux, ne tissent pas d'assi énormes sacs, il en est qui n'en déploient, dans moins d'espace, que plus de talent et de ruse. Ils suspendent de même leur nid à une branche ; l'ouverture habituelle est sur le côté à la partie supérieure, mais en même temps le fonds est déchiqueté, comme défoncé. La maison semble déserte, il n'en est rien. En dehors, sur les parois, est une petite poche latérale faite à peu près comme un nid d'hirondelle et qui retient les œufs, comme si l'intelligent oiseau avait voulu donner le change à ses ennemis et leur faire croire le nid abandonné pendant qu'il couve tranquille ses petits à l'intérieur.

On avait cru longtemps que les nids de *Fauvettes* enlacés sur trois roseaux qui les traversent, flottaient sur les eaux des rivières, montant et descendant avec le flux et le reflux. C'est un conte, mais ces nids n'en restent pas moins comme un élégant problème d'architecture, se soutenant en l'air sans reposer sur rien, sans être retenus à rien, glissant presque sur les tiges autour desquelles ils sont mollement tressés.

(**44**) Nous trouvons ici réunis devant nos yeux comme les deux extrèmes, le nid de l'*Oiseau-Mouche*, nid en miniature qui tiendrait avec la mère et la couvée dans une coquille d'œuf, dans une écale de noix ; à côté, une construction complète, maçonnée en dessous, charpentée en dessus, avec plancher, plafond, toit, porte d'entrée, porte de sortie, habitation confortable s'il en fût, que la *Pie* va percher sur la plus haute branche. Défiant tous ses ennemis, l'oiseau de proie ne peut approcher en des-

sus ; en dessous, l'homme ose à peine s'a-
venturer à de si grandes hauteurs sur le
frêle branchage de la cîme des arbres.

Signalons enfin quelques travaux de différentes sortes d'animaux, qu'on a réunis
ici : Pommes de pin rongées par le *Bec-
Croisé* ; galeries creusées par les *Fourmis*
dans le bois ; roches percées, traversées par
une coquille de nos côtes qu'on nomme
Pholade ; nids de *Guêpes cartonnières* et
qui simulent, à s'y méprendre, le produit
de nos fabriques, d'où elles tirent leur nom.

OISEAUX-MOUCHES.

(4.) La plus belle collection d'oiseaux-
mouches qui fut jamais, avait été réunie
par un savant anglais nommé Gould. Nous
y faisant entrer un jour : « Venez voir mon
écrin, dit-il. » Ecrin mille fois plus varié,
plus attachant que la boutique du plus riche
joaillier. C'est là que la nature semble avoir
épuisé ses trésors de coloris. Ce sont autant
de flammes ailées, de pierreries volantes.

Rubis, topaze, émeraude, leurs gorges cha-
toient au soleil d'un éclat sans égal. Ce n'est
plus ces nuances tendres et délicates de
l'empire des fleurs, on dirait des guerriers
couverts d'armures resplendissantes ; la cui-
rasse de l'archange Michel ne lance pas plus
de feux dans les romans de chevalerie.

La vie se passe en volant pour ces êtres
mignons, au gré du moindre souffle ; ils
errent de fleur en fleur, puisant dans leurs
calices profonds le nectar des Dieux. — La
plus douce brise les emporte, et si l'Aquilon
vient à souffler un peu, le tendre oiseau des
vallées fleuries est enlevé comme un fêtu
de paille, jusqu'aux régions des glaces, au
sommet des montagnes, où la gelée surprend
le pauvre petit qu'on trouve mort sur les
plus hautes cîmes.

MEUBLES.

Le dessus des meubles est consacré dans
cette galerie aux coquilles à une valve. Les

genres le mieux représentés sont (**1**) les *Fu-
seaux*, (**2**) les *Rochers*, (**3**) les *Pourpres*, les
Strombes, (**4**) les *Cônes*, les *Olives*, (**5**) les
Volutes, enfin et surtout, les *Porcelaines*
ou *Cyprées* et (**6**) les *Nérites*. — Un grand
nombre des plus belles espèces sortent de
la collection de M. Largilliert.

(**1**). Sous les meubles, nous trouvons
d'abord de grandes coquilles fossiles qu'on
rencontre dans les terrains des environs de
Rouen et qu'on ne rencontre même que là.
On les nomme *Ammonites de Rouen.*

Là sont aussi les représentations en plâtre d'un grand nombre de petites coquilles
extrêmement curieuses par les formes va-
riées qu'elles affectent. Elles existent par
millions, soit à l'état vivant dans les mers
glacées des pôles, soit à l'état fossile dans
des bancs de tripoli dont chaque grain est
une de leurs carapaces entières. La plus vo-
lumineuse n'est pas grosse comme la tête
d'une petite épingle, et on a dû en faire
ces lourdes images, pour donner au public une idée de cette richesse de formes

que la Nature a prodiguée dans ce monde microscopique.

(2) Plus loin est le plan en relief du *Vésuve* et de l'*Etna*. Les proportions sont strictement gardées, et on s'étonne du peu de hauteur de ces montagnes qu'on est habitué à regarder comme des espèces de pics escarpés, par rapport à l'étendue de leur base.

(6) C'est par une étude toute locale que nous terminerons cette promenade semi-scientifique à travers le Musée de Rouen. Nous sommes devant des débris, des fragments, des morceaux de coquilles, un ou deux os de reptiles, quelques arêtes de poissons et des restes de crustacés. — Tout cela provient de la côte Sainte-Catherine, qui jouit dans le monde des géologues d'une certaine célébrité ; ce n'est cependant pas, on peut s'en convaincre sans peine, pour la beauté de ses fossiles. Au lieu d'animaux entiers ou presqu'entiers, comme on en trouve en tant d'autres endroits, la pioche n'entaille à Saint-Paul que débris sur débris,

coquilles à demi broyées. Or, la science remontant avec certitude les âges du monde,
éclairée par la nature même de ces montagnes de craie qui environnent notre vieille
cité normande, a pu affirmer que quand ces
dépôts ont pris naissance, c'était dans le lit
d'une mer profonde qui accumula avec les
siècles les débris des animaux qui vivaient
à sa surface. Ceux-ci, ballottés par les tem-
pêtes et les courants, étaient réduits en une
bouillie blanche qui se solidifia peu à peu et
que de nouvelles révolutions de notre globe
ont poussée dans la suite des temps au-dessus
du niveau des mers.

FIN.

TABLE.

	Pages
PRÉFACE....................................	5
INTRODUCTION. — Historique. — Dons. —	
Disposition...........................	9
PREMIÈRE GALERIE. — Anatomie.........	23
DEUXIÈME GALERIE. — Mammifères......	53
Reptiles...........................	80
Poissons...........................	80
Polypiers..........................	82
Meubles............................	83
PETITE GALERIE.....................	91
TROISIÈME GALERIE. — Oiseaux........	97
Nids...............................	127
Oiseaux-Mouches...................	139
Meubles............................	140

DE LA PLURALITÉ

DES RACES HUMAINES

ESSAI ANTHROPOLOGIQUE

PAR GEORGES POUCHET

A Paris, chez J.-B. Baillière et fils, éditeurs
A Rouen, chez tous les Libraires.

PRIX : 3 FR. 50 c.

JARDIN DES PLANTES

PAR GEORGES PENNETIER

A Rouen, chez A. Giraud, éditeur
les principaux Libraires.

PRIX : 60 c.

ROUEN, IMPRIMERIE DE GIROUX ET RENAUX
RUE DE LA VICOMTÉ.

www.ingramcontent.com/pod-product-compliance
Lightning Source LLC
Chambersburg PA
CBHW070800280626
47162CB00016B/1566